クスノキの女神
THE CAMPHORWOOD GODDESS
東野圭吾
KEIGO
HIGASHINO
実業之日本社

クスノキの女神

1

鳥居の周りを竹箒で掃除していたら汗ばんできた。まだ五月とはいえ、日向にいると暑いほどで、地球温暖化を実感する。手を休め、そろそろ夏用の作務衣に替えたほうがいいのかなと玲斗《れいと》が考えていると、石段を三人の子供が上がってくるのが目に入った。

子供といっても、三人の年格好はずいぶんと違う。一番年上と思われる女の子は、地元の高校の制服を着ていた。一緒にいる少年は小学校の高学年か。もう一人の少女は、それよりさらに年下のようだ。三人はそれぞれ一つずつ紙袋を提げていた。

こんにちは、と女子高生が挨拶してきた。顔が小さく目が大きい。アイドルのオーディションを受けたら間違いなく二次審査までは通る、と素早く評価を下しながら、こんにちは、と玲斗は応えた。

「この神社の方ですよね？」女子高生が訊いてきた。

「そうだけど、何か？」

「じつはお願いがあるんです。シシュウを置かせてもらえませんか」

「シシュウ？」

玲斗の頭に浮かんだのは花柄の刺繡だ。それを置くとはどういうことか。

すると女子高生は提げていた紙袋から一冊の薄い本を出してきた。「これです」

玲斗は竹箒を鳥居に立てかけ、本を受け取った。本というより冊子か。しかも手作りで、プリンターで印刷したA４用紙の束をホチキスで留めてあるだけだ。表紙には、巨大な樹木のイラストが描かれている。タイトルが、『おーい、クスノキ』なので、クスノキのつもりらしい。作者名には、『早川佑紀奈』とあった。

ぱらぱらとめくってみて合点がいった。刺繡ではなく詩集なのだ。

「早川佑紀奈《はやかわゆきな》って、君のこと？」

「そうです」女子高生が答えた。「プロフィールは最後のページに書きました」

玲斗は最後のページを開いた。彼女の名前と生年月日が記されていた。それによれば、現在は十七歳らしい。高校三年生か。表紙の絵も彼女が描いたようだ。

「これをどこに置くわけ？」

「どこでもいいです。できれば目立つところ。お守りとかお札とかと一緒に並べてもらえたら嬉しいです」

この言葉に、玲斗はようやく彼女たちの目的を察した。

「要するに、この詩集を売りたいってこと?」

そうです、と佑紀奈は頷いた。傍らで少年と少女も目を輝かせて玲斗を見上げている。

「誰が売るの? まさか俺に売れとでも?」

佑紀奈は首を横に振った。

「置かせてもらえるだけでいいんです。横に料金箱を置いて、買った人に代金を入れてもらいます」

少年が紙袋から箱を出してきた。段ボール箱で、小さく細長い穴が開けてあるが、どうやら硬貨投入口のようだ。マジックで、『詩集代金』と書いてある。

玲斗は詩集の裏表紙を見た。小さく『二〇〇円』と印刷してあった。こんな安っぽい冊子を誰が二百円で買うんだよ、と思いつつ、「お金の回収は、いつ、誰がするの?」と訊いた。

「あたしか弟のどっちかが来ます。毎日は来られないけど」

よろしく、といって少年が手を挙げた。太い眉が頑固さを示しているようだ。

幼い少女が女子高生のスカートを引っ張っている。ああそうだ、と佑紀奈は少女が提げている紙袋から小さなノートを取り出した。

「一緒にこれも置いてほしいんです」

「何それ」玲斗が受け取って表紙を見ると、『感想ノート』と書いてあった。

「詩集を読んだ人に感想を書いてもらえたらいいなと思って」

「ああ、そう……」玲斗は右手に詩集、左手に感想ノートを持って、立ち尽くした。

「置かせてもらえますか」佑紀奈が訊いてきた。「この神社はクスノキが有名だし、お土産としてもぴったりだと思うんですけど」

「お土産ねえ……」玲斗は考えを巡らせた後、彼女たちを見た。「説明したいことがあるので、とりあえず一緒に来てもらえるかな」

「どういうことですか」

「来ればわかる」

三人を引き連れ、玲斗は社務所に戻った。社務所といっても、ただの小屋だ。出入口と窓はあるが、商品棚などはない。

「この神社ではお守りもお札も売ってない。神殿の前を見たらわかるけど、賽銭箱すらない。だから申し訳ないんだけど、君たちの詩集を置いてやりたくても、その場所がない」

佑紀奈は形のいい眉をひそめた。「やっぱりそうなんだ……」

「だからいったじゃないか」少年が姉を見上げて口を尖らせた。「あんなボロ神社じゃだめだ、何かを売ってるのなんて見たことないって」

「ボロ神社で悪かったね」玲斗は少年を睨んだ。

「何とかなりませんか。置かせてもらうだけでいいんです。お願いします」

佑紀奈が頭を下げてきた。弟も彼女に倣う。妹らしき幼い少女はそうはせず、代わりに悲しげな目でじっと玲斗を見つめてきた。

参ったな、と玲斗は呟き、眉の上を掻いた。

「何冊ぐらい置きたいわけ？」

佑紀奈が弾かれたように顔を上げ、にっこり笑った。「いいんですか？」

「たくさんはだめだよ。管理しきれないから」

「五十冊とかは？」

「多いよ。二十冊で手を打とう」

「ありがとうございますっ」佑紀奈は紙袋に手を突っ込み、詩集を摑みだした。

玲斗が詩集と感想ノートを受け取ると、少年が段ボール製の料金箱を差し出してきた。

「悪いけど、それは持って帰って」玲斗はいった。「詩集を持ち逃げする者はいないと思うけど、現金の入った箱だと話は別だ。料金箱は俺が何とかするよ」

「いいんですか」佑紀奈が心配そうに訊く。

「仕方がない。乗りかかった船だ」

ありがとうございます、と佑紀奈は再び頭を下げた。今度は少女も真似をした。しかし手作りの料金箱が採用されなかったせいか、弟は少し不服そうだった。

玲斗は連絡先を訊いた。住まいはこの近くのようだ。高校生だけに佑紀奈はスマートフォンを持っていた。

彼等が去った後、玲斗は社務所の物置を漁り、壊れたテーブルと椅子を引っ張り出した。それらをあれこれ加工し、腰の高さほどの小さなカウンターを作った。継ぎ接ぎだらけで見た目が悪く、社務所の前などには置きたくないが、我慢するしかない。

ついでに料金箱も作ることにした。幅が三十センチほどの蓋付きアクリルケースがあったので、南京錠を掛けられるようにした。蓋に硬貨投入口を開けたら完成だ。しかしこのままでは箱ごと盗まれるおそれがある。思案した末、金具で箱をカウンターに固定することにした。まさかカウンターごと持っていくやつはいないだろう。

詩集を料金箱の横に置いた後、一冊を手に取った。そのまま社務所に入ろうとしたが、ふと思いついて財布を出すと、百円硬貨二枚を料金箱に投入した。

2

『おーい、クスノキ。
遠くから会いにきてやったぞ。
山を登り、川を渡り、砂漠を歩いて、おまえに会いにきてやったぞ。
そしたらどうだ、おまえはずいぶんといばって立ってるじゃないか。
どうしてそんなにいばってるんだ。

大きいからか。
背が高いからか。
じゃあぼくは、もっと大きくなってやろう。
からだは小さくても夢は大きいぞ。
もくもくと夢を大きく育てて、雲にするんだ。
その夢の雲で、おまえを照らす太陽を隠すことだってできる。
その雲で恵みの雨を降らすことだってできる。
そうだ、ぼくは何だってできるんだ。
おーい、クスノキ。
そんなことをいいたくて、遠い遠いところから会いにきてやったぞ。
おーい、クスノキ。
ぼくの話がもっと聞きたいか。
聞きたいなら話してやろう。』

詩集から顔を上げた千舟《ちふね》は、右の眉だけを少しぴくりと動かした。「そうですか。そんなことがありましたか」
「すみません、勝手に決めちゃって。千舟さんに相談したほうがいいかなとも思ったんですけど」箸を手にしたまま、玲斗は首をすくめた。

千舟は詩集をテーブルに置き、首を横に振った。

「その必要はありません。あの社務所の管理責任者はあなたです。あなたがいいと思ったのなら、それでいいのです」

「よかった。安心しました」玲斗は箸を置き、詩集に手を伸ばした。「どう思います、この詩集？」

「詩の善し悪しは私にはわかりません。でも若い人が思いのままに綴ったものを読むのはなかなか楽しそうです。明日、私にも一冊持って帰ってきてちょうだい」

「あっ、それならこれを差し上げます」玲斗は詩集を千舟に差し出した。「俺は、もう読んじゃったし」

千舟は詩集と玲斗の顔を交互に見た。「いいのですか」

「もちろんです」

「そうですか。それならお言葉に甘えて」

千舟は受け取った詩集を脇に置くと、その横にあった黄色い表紙の手帳とボールペンを取り、さらさらと何やら書き始めた。玲斗から詩集をもらった、とでも書いているのかもしれない。

千舟はＭＣＩ――軽度認知障害を患っている。日常生活に支障はないが、記憶がぽっかりと抜け落ちることがしばしばある。障害を自覚している彼女は、身の回りの出来事を極力記録するように心がけているのだ。黄色い手帳は行動記録帳で、肌身離さず持っている。

玲斗は箸を取り、食事を再開した。今夜の夕食は焼き魚と野菜のうま煮だ。千舟は料理上手なので、どれも美味しい。以前はコンビニ弁当か、定食屋のお決まりメニューしか食べていなかったので、手料理にありつけるのは、涙が出るほどありがたかった。

二か月ほど前まで、玲斗は月郷《つきさと》神社の社務所に寝泊まりしていた。だが千舟の軽度認知障害が緩やかではあるが確実に進行していることから、いつアクシデントが起きてもいいように、柳澤《やなぎさわ》家の屋敷に住むことになったのだった。食事には困らないし、風呂には毎晩入れる。玲斗としては、いいことばかりだ。とはいえ、月の何割かは帰宅が深夜になったり、社務所泊まりになったりする。いうまでもなく、クスノキの番人という仕事があるからだ。

3

早川佑紀奈たちが来た日から、約一か月が経った。このところ蒸し暑い日が続いている。社務所のエアコンは旧式だが、連日大活躍だ。

最初に予想した通り、詩集は全く売れなかった。社務所の前に置いたカウンターに積んだ冊子は、いつ数えても十九冊のままだった。つまり売れたのは、玲斗が千舟にあげた一冊だけだ。二、三日おきに交代で来ていた佑紀奈と弟も実情を痛感したのか、このところは姿を見せなくなっていた。

まあ売れるわけないよな、と玲斗も思う。そもそも参拝客が少ないのだ。地元の人間たちは、この境内を便利な空き地程度にしか思っていないし、たまに名物のクスノキ目当てに訪れる者がいても、安っぽい冊子を土産にしようとは思わないだろう。

ところがある日、玲斗が境内の隅で草むしりをしていると、アロハシャツ姿の中年男が詩集を手に取っているのが見えた。このあたりでは見かけない顔だが、観光客でもなさそうだ。男はカウンターのそばに立ったままで動かない。離れているのでよく見えないが、詩集を読んでいるのかもしれない。

やがて男がカウンターから離れた。その手には詩集があった。二つに折り畳み、尻ポケットに入れるのが見えた。

玲斗は立ち上がった。男が代金を箱に入れたかどうかはわからない。それを確かめなければ、と思った。

足早に社務所に戻り、カウンターの料金箱を見た。透明のアクリルケースだから開けなくても中は見える。案の定、空のままだった。

念のために詩集も数えたところ、十八冊に減っている。

玲斗は駆け出した。急げば追いつけるはずだ。

男は石段を下っているところだった。尻ポケットから折り畳まれた詩集が覗いている。

「おい、あんたっ」玲斗は男の肩を摑んだ。

男は、ぎくりとした様子で振り向いた。無精髭に囲まれた口を半開きにしている。

「詩集を取っただろ。ちゃんと金を払えよ」

あっ、というように男は気まずそうな表情になった。見られていたのか、という顔だ。

玲斗は男の尻ポケットから詩集を抜き取った。ついでに男を石段に押し倒した。

「これだよ、これ」詩集を男の顔の前に突き出した。「こいつの代金を払えといってるんだっ」

「いや、今日はさ、なんつうか……ちょっと持ち合わせがなくてさ」男は、しどろもどろに言い訳した。

「ふざけんなよ。大の大人が二百円を持ってないわけないだろ。財布を見せろっ」

玲斗は男のズボンの後ろに手を回した。ポケットに財布の感触があったので、素早く抜き取った。黒い財布は使い古されていて、端が破れていた。

中を見ると札は一枚もなく、小銭入れに六百円少々が入っていただけだ。

ほらな、と男が自嘲気味に薄く笑った。「いった通りだろ？」

「だけど二百円はある。貰うからな」

「いや、そいつは勘弁してくれ」男が財布を摑んだ。「今日と明日、これだけで凌がなきゃいけないんだ。四百円じゃきつい」

「そんなこと、こっちの知ったこっちゃない。だったら、なんで詩集を取ったんだ？」

「返すよ。返せばいいんだろ」

「馬鹿いうな、ほらみろ、あんたが折り曲げたもんだから、折り跡がついたじゃないか」玲斗は再び詩集を男の鼻先に突きつけた。「もう売り物にならない。弁償しろ」

「無茶いうなよ」男が玲斗の手を払いのけた。

その拍子に詩集が手から離れ、石段を落ちていった。

「何するんだ、この野郎っ」そういって玲斗は詩集の行方を目で追い、はっとした。下から佑紀奈が上がってくるところだった。

彼女は詩集を拾い、玲斗たちのところへやってきた。「どうしたんですか？」

「ちょうどよかった。このおっさん、詩集を持ち逃げしようとしやがった。それで今、代金を払わせようとしていたところだ。――おい、おっさん。この子が詩集の作者だ。まずは謝れ」

「おお、そうか。ごめんな、お嬢ちゃん。ちょっとした出来心でさ。その詩集は返すから見逃しちゃもらえないかね。お恥ずかしい話なんだけど、今、手持ちがあんまりなくてさ、二百円てのは無理なんだ」男は顔をしかめ、手刀を切った。

「うるせえよ。この子には関係のないことだ。さっさと財布を寄越せ」

どうして、と佑紀奈がいった。「どうして詩集を取ったんですか？」

男は当惑したような顔をした後、口元を歪めた。

「いやあ、だからさあ、ここんところ仕事がなくて、金欠病ってやつなんだ。ほんと申し訳ない」

すると佑紀奈はかぶりを振った。

「お金を払わなかった理由じゃなくて、どうして詩集を持って帰ろうとしたのかを訊いているんです」

「それは、ええと、欲しくなったからだよ。何気なく読んでみたらさ、なんか、もっとじっくり読みたくなって、それでいただいちゃおうと……」

「何だと、やっぱり最初から金を払う気はなかったんじゃねえか」玲斗は男の襟元を摑み、怒鳴った。

「あったら払うよ。払ってたよ。ないんだから仕方ないだろ」

「あるじゃないか。六百円もある」

「だから四百円で二日は辛いって」

「そんなことはない。もやしを買え。百円で山ほど買える」

「もやしだけ食ってろっていうのか。そんな無茶な」

「うるさいっ。泥棒のくせに贅沢をいうな」

あの、と佑紀奈が割って入ってきた。「放してあげてください」

えっ、と玲斗は彼女を見上げた。「それ、俺にいってるの？」

「はい、放してあげてください」

「どうして？」

「いいんです。放して」

「本当にいいの？」

はい、と彼女は頷く。全く納得がいかなかったが、玲斗は男から離れた。

「いやあ、すまなかったねえ」男が立ち上がり、ぱんぱんと尻の汚れを手で払った。

佑紀奈が男に近づき、詩集を差し出した。「これ、持っていってください」

えっ、と男は戸惑ったように目を丸くした。

「代金は、気が向いた時でいいです」

「ほんと？」

「はい。読みたい人に読んでもらいたいから」

「そうなの？　いやあ、悪いねえ」男は詩集を受け取った。

「その代わり、感想を書いてもらえますか。短くてもいいから」

「おう、書くよ。任せてくれ」

「いやいやいや、それはだめだって」玲斗が物言いをつけた。「こいつがそんなの払うわけない。ばっくれるに決まってる」

「払うよ。金に余裕ができたら払う。約束する」

男は断言するが、信用できるものか、と玲斗は思った。二百円程度の金額で、余裕もへったくれもない。

「さっきの財布に免許証が入ってるのがちらっと見えた。あれ、出してくれ」

「免許証？　どうする気だ？」

「いいから出せ」そういいながら玲斗は懐からスマートフォンを取り出した。

不承不承といった感じで男が免許証を出してきた。玲斗はそれを素早く奪うと、スマートフォンで撮影した。

「あっ、何するんだ」

「これで身元を把握した。ばっくれたら承知しないからな」

「しないよ。にいさんもしつこいな」男はしかめっ面で免許証を取り返すと、財布をポケットに戻し、石段を下りていった。

男の背中を見送りながら、「あれで本当によかったの？」と玲斗は佑紀奈に訊いた。

「はい。お金は欲しいけど、それ以上に読みたい人に読んでもらえるのが大事だと思うから」佑紀奈は、にっこりと笑った。

天使の笑顔ってこういうのをいうんだろうな、と玲斗は思った。

夜、この話を夕食時に千舟に聞かせた。

「詩集を持ち逃げ？　そんなせこいことをする人がいたの？　どこの誰よ、それ」

「誰って、聞いても知らないと思うけど」玲斗はスマートフォンの画面に撮影した免許証を表示させた。氏名欄には久米田康作とある。「クメダコウサクって読むのかな。住所は、この近くではないですね。足立区だ」

「クメダ？　ちょっと見せて」

千舟は老眼鏡をかけ、玲斗が差し出したスマートフォンを受け取った。画面を見て、ああ、と声をあげた。

「やっぱりそうだ。マツコさんの息子だわ、この人」

「マツコさんって？」

「久米田マツコさん。小学校時代の同級生」

「えっ、小学校時代？　千舟さんのっ？」思わず大きな声を発してしまった。

「失礼な子ね。そんなに驚くことはないでしょう。私にだって、小学生だった時代はあります」

千舟によれば、久米田松子の家は通学路の途中にあったので、同じクラスだった頃によく一緒に登校したということだった。

「そうですか。あそこの息子がそんなことに……。噂には聞いていたけれど、やっぱり本当だったのですね」

「どんな噂ですか」

「聞いたって、大して面白い話じゃありませんよ」千舟がスマートフォンを返してきた。

「構いません。聞きたいです」

千舟はため息をつき、仕方ないわね、といって湯飲み茶碗を手にした。

「久米田家は、このあたりでは有名な材木商でした。松子さんは一人娘だったから、婿養子を取りました。ところがその旦那さんが亡くなった頃あたりから事業がうまくいかなくなって、とうとう廃業されたんです。今から十年ちょっと前です。従業員たちには退職金も払えて、万事うまく片付いたはずでしたが、ひとつだけ問題がありました。一人息子の康作さんです。副社長なんていう肩書きをあてがってもらってふんぞり返っていたところが、突然ふつうの人になってしまったわけです。松子さんが伝手を頼って関連会社に雇ってもらったりもしたのですが、ろくに実務をしたことがありませんから、まるで役に立ちません。それでも本人にやる気があれば少しは話も違ったのでしょうが、堪え性がないから、結局すぐに辞めてしまう。そんなことを何度も繰り返しているうちに、松子さんもついに頭にきて、康作さんを家から追い出してしまったんです。その後、どんなふうに生活していたのかは不明ですが、半年ほど前に松子さんが家に呼び戻したそうなのです。あまりに荒れた生活をしているようなので、見るに見かねてのことだったらしいですね。今も定職に就かず、ぶらぶらしているとは聞きましたが、そうですか、そこまで落ちぶれているとはねえ。松子さんも頭が痛いことでしょう」

「その松子さんとは、最近はお会いになってないのですか」

「会ってないですね。最後に顔を合わせたのは……さあ、いつだったか」

千舟が首を捻るのを見て玲斗は後悔した。この質問はMCIの彼女には酷だったかもしれない。

4

近所で強盗致傷事件が起きたらしいと玲斗が知ったのは、新月を迎える日の昼過ぎだった。天気予報を調べようとしてスマートフォンをネットに繋ぎ、たまたまその記事を見つけたのだ。

記事によれば事件が起きたのは昨日で、森部《もりべ》俊彦《としひこ》という地元在住の実業家が被害に遭っていた。現場の春川《はるかわ》町というのは、このあたりでは一番の高級住宅地だった。夕方、森部の妻が帰宅したところ、一階の居間で夫が頭から血を流して倒れていたので、大急ぎで救急と警察に通報したとのことだった。保管してあった現金が消えており、警察は強盗致傷事件とみて捜査を始めたようだ。幸い森部の命に別状はなかったらしい。

このような田舎町でも、そんな物騒な事件が起きることもあるのか、と玲斗は意外な思いがした。

肝心の天気予報によれば、今は晴れているが、これから徐々に雲が増え始め、夜は雨になるということだった。本格的な梅雨に入ったのか、このところこんな日が多い。

ひどい降り方でなきゃいいが、と玲斗は燭台を磨きながら思った。新月の今夜は、坂上《さかがみ》という人物が祈念の予約を入れている。クスノキの中にいても、どしゃぶりになると雨が降り込んでくる。当然、下もぬかるむ。

コンコンと窓からガラスを叩く音がした。見るとTシャツ姿の少年が覗き込んでいる。佑紀奈の弟、翔太《しょうた》だった。

玲斗はドアを開けた。

「料金箱を見たらわかると思うけど、残念ながら一冊も売れてない」

「うん、そうみたいだね」翔太はアクリルケースを一瞥していったが、その口調は意外に深刻そうではない。「こんなところじゃ、やっぱりだめだな」

「こんなところで悪かったな。詩集が売れないのを場所のせいにする気か」

「そうじゃないの?」

「たまに手に取る人はいるんだ。だけど買わずに戻す。そりゃそうだ。こんなことはいいたくないけど、この詩集に二百円を出す人はいない。内容が悪いといってるんじゃないぜ。どれもいい詩だ。ただあまりにも、何というか……」

翔太が睨んできた。「安っぽいっていいたいんだろ」

「まあそうだ。プリンターで印刷した紙をホチキスで綴じただけじゃなあ」

「だけど、やり方次第では買ってくれる人がいるんだ」

「ほほう、どんなやり方だ？」

「最近はお姉ちゃんが駅の近くとか、人の多いところで売ってるんだ。買ってくれそうな人に声をかけたりして。それで一日に十冊ぐらい売ってくる。二十冊ぐらい売ってきたこともある」

マジかよ、といってから玲斗は考え直し、頷いた。

「でも、それはあり得るかもな。あんなかわいい子に買ってくださいって頼まれたら、断りにくいかもしれない。なるほど手売りか。その手があったか」

それなら二百円という価格は妥当かもしれない、と玲斗は思った。要するに募金みたいなものなのだ。

だから、といって翔太はカウンターに積まれた詩集を指差した。

「ここで余ってる分も、そうやって売ったらいいんじゃないかってことになって、俺が取りに来たんだ。作った分は、ほぼ売れちゃったから」

「一体、何冊作ったんだ？」

「三百冊」

玲斗は思わずのけぞった。

「それがほぼ売れたのか。すごいな。それなら持っていったらいい」

「せっかくカウンターとか料金箱まで作ってもらって悪いんだけど」

「気にしなくていい。元はガラクタだ」

翔太はカウンターに積んである詩集を抱えた。全部で十八冊ある。

「紙袋をやるよ。中に入りな」

社務所に入ると翔太は興味深そうに室内を見回してから、「これは何?」といって机の上を指した。

「燭台。蠟燭を立てるものだ」そういいながら玲斗は紙袋を少年に渡した。

「何に使うの?」

「祈念、といってもわかんないか。クスノキの中で祈りの儀式をする時に使うものだ」

「それ、お姉ちゃんがいってた。月郷神社のクスノキに祈ったら願いが叶うらしいよって。だけどその話、迷信だよね?」

答えにくい質問だった。

「そういう言い伝えがあるのは事実だ」

「言い伝えっていうのは、おみくじとか占いみたいなもんだって学校の先生がいってた。自分にとって都合のいいものだけ信じてりゃいいんだって。でももし本当に願いが叶うんならいいんだけどな。クスノキだろうが何だろうが、俺、がんばって祈っちゃうよ」詩集を紙袋に入れながら翔太はいった。

「何を祈るんだ？」

「いろいろあるけど、まずはお母さんの身体がよくなることだな」

「お母さん、病気なのか」

「うん、ノウセキズイエキゲンショウショウ」

「何だって？」

ノウセキズイエキゲンショウショウ、と翔太は繰り返した。玲斗はその言葉をスマートフォンで検索してみた。脳脊髄液減少症、というのが見つかった。

「頭痛、目眩が主な症状って書いてあるな」

「うん。いつも頭が痛いっていってる。長い時間立ってたら、ふらふらするし。だから仕事も続けられなくなった。看護師だったんだけどさ」

「そいつは大変だな。親父さんは？」

「六年前に職場の事故で死んだ。建設現場で足場が崩れたんだ。といっても、俺はあまりよく覚えてないんだけどね」

「収入はどうしてるんだ」

「会社からの賠償金とか、お父さんの年金とか保険とか。あと役所からもいろいろと貰って、何とかやりくりしてる。でも、はっきりいって苦しい。お母さんの治療にもお金がかかるしね。それでこれを作って、売ることにしたんだ」翔太は紙袋を叩いた。「業者に頼むお金なんてないから全部手作り。近所に親切な文房具屋さんがいて、紙とかを安くわけてくれた。安っぽいのはわかってるけど、これが精一杯なんだ」

少年の話を聞いているうちに玲斗は息苦しくなってきた。自分も苦労してきたつもりだが、この子たちに比べれば豊かだったと思った。

「じゃあ、俺、行くよ」翔太が紙袋を提げた。

「ちょっと待て」玲斗は財布から千円札を一枚出した。「五冊、置いていけ」

翔太は瞬きを何度かしてから、にやっと笑った。

「毎度ありい。でも同情はしなくていいよ。そんなものはいらないから」そういって紙袋から詩集を出した。

「同情はしない。だけど応援はする。がんばれよ」

ありがとう、といって翔太は千円札を受け取った。

午後十時過ぎ、社務所を出て両方の掌を上に向けてみた。だが掌より先に、額に水滴が落ちるのを感じた。近頃の天気予報は正確だ。詳しい情報によれば、激しく降るわけではないが朝まで続くらしい。

天を見上げたが、空は分厚い雲に覆われ、星などひとつも見えなかった。

軒下に戻り、暗い境内に目を向けていたら、光が動くのが見えた。ビニール傘を差した人影が歩いてくる。小太りの男性で、手に懐中電灯を持っていた。スーツ姿だが、ネクタイはしていない。

「こんばんは」男性が近づいてきて、懐中電灯を消した。年齢は六十代というところか。

「坂上様でしょうか」玲斗は尋ねた。

「はい」

「お待ちしておりました。少々お待ちください」

玲斗は社務所に入ると、机に置いてあった紙袋を手にし、坂上のところに戻った。

「蠟燭は二時間用と伺っておりますが、間違いございませんか」

「ええ、それでいいです」

「ではこれをどうぞ。中にマッチも入っております。火の取り扱いには、くれぐれも御注意ください」玲斗は坂上に紙袋を差し出した。

坂上は懐中電灯を点け、紙袋の把手と一緒に握った。

「クスノキの場所や祈念の手順はおわかりですか」

「うん、柳澤さんから説明してもらったので」

「かしこまりました。では行ってらっしゃいませ。坂上様の念がクスノキに伝わりますこと、心よりお祈り申し上げます」

「ありがとう」

坂上は頷き、歩きだした。その足取りに迷いはなさそうだ。玲斗は安心し、踵を返した。

クスノキの祈念は二種類ある。預念と受念だ。預念は新月の夜に行われる。クスノキの中に入り、蠟燭に火をつけ、自分が伝えたいことを念じるのだ。その念はクスノキに刻み込まれる。それを受け取るのが受念で、満月の夜に行われる。預念した人物と血の繫がりの濃い人間がクスノキの中で蠟燭に火を点し、預念者のことを思えば、その念が伝わってくるのだ。この奇跡ともいえる現象については無闇に広めてはならず、柳澤家によって厳重に管理されてきた。そして現在の実質的管理者が玲斗なのだった。

社務所に戻ると、ノートパソコンに向かい、中断していた作業を再開した。作業というのはレポート作成だ。経営工学の課題は難しい。少し書いては修正、それでもうまく書けずに結局消去、そんなことばかりを繰り返している。

やばいよなあ、期限が近づいてるのに――玲斗はカレンダーを横目で見る。

提出先は泰鵬《たいほう》大学通信教育部だ。そこの経済学部に籍を置いている。必ずあなたのためになるから、と千舟に強く勧められ、入学を決意したのだった。

顔をしかめ、改めてキーボードに指を置いたところでスマートフォンが鳴った。誰かが電話をかけてきたようだ。画面を見ると『千舟』と表示されている。急いで手に取り、電話を繋いだ。

「こんばんは、どうかしましたか」

「玲斗、すぐにクスノキのところへ行きなさい」

「えっ、どうして？」

「坂上さんから電話があったのです」

「坂上さんって、今、祈念している人ですか」

「そうです。どうしたんですかと訊いても返事がなく、何だか唸っているようなのです」

「唸ってる？」

「ただ事ではありません。様子を見て来なさい」

「わかりました。そりゃ大変だ」

電話を切るとスマートフォンを作務衣の懐に突っ込み、懐中電灯と傘を手にして社務所を飛び出した。

境内の右隅の繁みに、小走りで向かった。『クスノキ祈念口』と書かれた立て札のところから、繁みの奥に小道が延びている。そこを進んだ。

すると途中で誰かが倒れているのが見えた。坂上のようだ。

「さかがみさんっ」呼びかけながら駆け寄った。

もしや死んでいるのかと思ったが、そうではなかった。抱き起こしたところ、坂上は顔をしかめ、額から脂汗を流している。これはやばい、と玲斗は思った。懐からスマートフォンを取り出した。

救急隊員たちが駆けつけてきたのは、それから十分近くしてからだ。その間、呻き続ける坂上をどうすることもできず、玲斗は傘を広げて彼の身体が濡れるのを防ぐのが精一杯だった。

隊員たちが担架で石段の下まで運ぶのを玲斗も手伝った。救急車が待機していて、同乗してほしいといわれたので玲斗も乗り込んだ。救急車に乗るのは生まれて初めてなので、不謹慎と思いつつ、ほんの少し嬉しかった。

二人の救急隊員たちは坂上を仰向けに寝かせ、手早く心電図モニターをセットした。血圧や脈拍、体温なども測っている。心筋梗塞だな、と一方の隊員が呟いた。それから手当らしきことを始めたが、何をしているのか玲斗にはわからない。だが坂上の様子は少し落ち着いてきているように見えた。

病院に向かう途中、やけにたくさんのパトカーが走っていることに気づいた。何だろうな、と二人の救急隊員たちも話していた。

やがて救急車は病院に到着した。病院の前の路上にもパトカーが二台止まっていた。

坂上が救急搬入口から運び込まれるのを見届けた後、玲斗は救急治療室の待合室に行った。

しかし携帯電話の使用禁止エリアだったので、病院の外に出てから千舟に電話をした。

千舟は、「どうしたの、こんな時間に。何かあったの？」と不機嫌そうな声でいった。たった今まで眠っていた、という感じだ。

玲斗は状況を理解した。自分が玲斗に連絡し、坂上の様子を見に行けと命じたことを失念しているのだ。最近では、こういうことは日常茶飯事だ。

「千舟さん、手帳を見てください」

例の行動記録帳のことだ。

少し間があいた後、彼女が電話を手にする気配があった。

「了解しました。そんなことがあったとはね。それで、坂上さんはどうだったの？」

どうやら手帳には、彼女が玲斗に電話をかけたことは記録してあったようだ。

玲斗は手短に経緯を話し、坂上の家族に連絡を取りたい旨をいった。

「わかりました。このままお待ちなさい」

電話から再び何も聞こえなくなり、玲斗は不安に駆られる。千舟が何かを捜している時、何を捜しているのかを忘れ、やがては捜していること自体を忘れてしまう、ということが稀にあるからだ。

だがしばらくして、「御自宅の番号がわかりました」と千舟がいった。「坂上さんには奥様と息子さんがいらっしゃるはずです。いいますから、控えなさい」

ちょっと待ってくださいといって病院のガラス壁に近づいた。うっすらと埃の着いた表面を指先で擦ってみると跡が付く。これなら数字を書けそうだ。「はい、どうぞ」

千舟が番号をいった。固定電話のようだ。

「ありがとうございます。電話してみます」

「よろしくね」千舟は電話を切った。今のやりとりも手帳に書き込むのだろう。

ガラス壁に記した数字を見ながら、玲斗は坂上家に電話をかけてみた。時刻は午前零時を過ぎている。夜分に申し訳ないと思うが、そんなことをいっている場合ではない。

電話は繋がり、呼出音が聞こえた。ところが、すぐに留守番電話に切り替わった。玲斗は狼狽えた。

「あ、えーと、僕は月郷神社の管理人で直井《なおい》といいます。坂上さんが神社で倒れました。心筋梗塞だとかで、病院に運ばれました」

病院名と自分の携帯電話番号をいい、電話を切った。それでよかったのか、自分でもよくわからない。留守番電話にメッセージを吹き込むなんてことは久しくやっていなかった。

救急治療室の待合室に行くとベテランの風格を漂わせた看護師が駆け寄ってきた。

「先程、心筋梗塞で運ばれてきた患者さんの御家族ですか」

「いえ、そうではないんです」

玲斗は手短に事情を説明し、自分は救護した者だといった。

「御自宅の電話にはメッセージを残しました。気づいたなら連絡をもらえると思います」

そうですか、と看護師は答えたが浮かない顔だ。今すぐにでも家族に連絡を取りたいのだろう。

その時、すぐそばを制服を着た警官とスーツ姿の男たち数名が通り過ぎていった。何やら急いでいる様子だ。

「何かあったんですか。近くにパトカーも止まってましたけど」玲斗は看護師に訊いた。

ええまあ、と中年の看護師は言葉を濁したが、周囲を見回してから少し顔を寄せてきた。

「昨日、強盗事件が起きたことは知ってます？」

あっ、と玲斗は声を漏らした。「春川町の事件ですね。ネットで見ました」

「じつはあの事件で被害に遭った人、今ここに入院しているんです」

「そうなんですか。頭から血を流してた、とか書いてありましたけど」

看護師は神妙な顔で頷いた。

「ひどく殴られたみたいです。幸い一命を取り留めましたけど、今朝まで集中治療室にいて、警察の事情聴取を受けられる状態ではなかったんです。でもどうにか回復したようで、短い時間なら話ができるようになったみたいです。それで今日は、頻繁に警察の人が出入りしています」

「こんなに遅い時間なのに……」

「そうですね。何か進展があったのかもしれません」

看護師はおしゃべりしたい欲求が満たされたのか、玲斗に一礼してから立ち去った。

病院も警察も大変だな、と玲斗は思った。救急患者や事件は、時も場合もお構いなしだ。

明かりの消えたエントランスホールに行ってみると、どうやらここは携帯電話の使用が可能らしい。端の椅子に座り、坂上家からの電話を待った。

それにしても困ったな、と思った。坂上を助けることに夢中で、社務所の戸締まりをせずに来てしまった。あんなところに忍び込む輩がいるとは思えないが、一段落したら急いで神社に戻ったほうがいいだろう。大学のレポートを書きかけていたノートパソコンもそのままだ。

そんなことをぼんやりと考えているうちに、どうやら眠り込んでしまったようだ。スマートフォンがマナーモードで着信を告げるのを聞き、玲斗はびくんと身体を震わせた。あわてて電話に出ようとし、スマートフォンを落としそうになった。

「はい、直井です」

「あっ、私、先程電話をいただいた坂上の妻です」息をきらすような声がいった。

「あー、よかった。今、どちらにいらっしゃいますか」

「自宅です。これから出るところです。病院のどこに行けばいいでしょうか」

「救急用の入り口があります。待合室があるので、僕はそこにいます」

「わかりました。よろしくお願いいたします」

電話を切ってから時刻を見ると午前三時を過ぎていた。こんな時間に、よくあの留守電メッセージに気づいてくれたものだ。

それから三十分ほどして坂上夫人が駆けつけてきた。小柄な女性だった。表情が強張っている。彼女の説明によれば、電話がかかってきた時には眠っていて、たまたまトイレに起きた時、メッセージが入っていることに気づいたらしい。緊急の連絡なら自分のスマートフォンにかかってくるはずと決めつけていて、固定電話の着信音は小さく設定していたのだという。

先程のベテラン看護師がいたので、夫人を紹介した。看護師は安堵した様子で彼女をどこかへ連れていった。

自分はどうしていいかわからず、玲斗はとりあえず腰を下ろした。お役御免だと思うが、勝手に帰るのもまずい気がした。それに交通手段がない。タクシーなんて贅沢だ。

やがて夫人が戻ってきた。表情が柔らかなものに変わっている。

「おかげさまで大事には至らなかったようです。主人は眠ってますけど、先生によれば、もう心配ないだろうとのことです。このたびは本当にありがとうございました」彼女は丁寧に何度も頭を下げてきた。

「それはよかったです。安心しました」

「これ、心ばかりのお礼です。御迷惑をおかけしてしまったし」そういって彼女は封筒を差し出してきた。

「いや、そんなのは結構です。受け取れません」

「どうか、受け取ってください。主人から叱られますので」

「……そうですか。じゃあ、お言葉に甘えて」玲斗は頭を掻きながら、もう一方の手で受け取った。

あの、と夫人が口を開いた。

「昨夜、主人は知り合いと会食だといってたんです。どうして神社なんかに行っていたんでしょうか」

どうやら坂上は、祈念のことを妻には内緒にしていたらしい。遺言書に残すつもりだったのかもしれない。

「それは御主人に訊いてみてください。僕のほうからはいえませんので」

「そうなんですか」

すみません、と玲斗はいった。

エントランスホールに移動し、再び端の席に腰を下ろした。時計を見ると午前四時を過ぎている。始発まで仮眠しよう、と横になった。しかし目を閉じる前に先程貰った封筒の中をたしかめると、一万円札が入っていた。祈念の額と同じだ。

無駄な夜ではなかったな、とほくそ笑んだ。

仮眠後、病院の近くにある停留所から朝一番のバスに乗り、帰路についた。月郷神社に着いたのは午前七時過ぎだ。雨はすっかり上がっている。社務所に入ろうとして、クスノキの後片付けをしていないことを思い出した。

クスノキのところへ行くと、昨夜の雨で濡れた葉が、朝陽を浴びてきらきらと光っていた。玲斗は巨大な幹の中に足を踏み入れた。

祭壇の燭台を見て、はっとした。蠟燭が燃え尽きていたからだ。

昨夜の出来事を振り返った。坂上は、ここには三十分もいなかったはずだ。蠟燭は二時間用を渡した。つまり蠟燭の火は消されておらず、約一時間半、無人の状態で燃え続けていたわけだ。その間に突風が入り込み、火のついた蠟燭が倒れ、そのまま燭台から落ちていたとしたら——。

やっべえ、と冷や汗をかいた。救急車の到着を待っている間に、クスノキの中を点検すべきだったのだ。そうすれば蠟燭の火がついたままであることに気づいていたはずだ。

こんなことを千舟に報告したら、どれほど叱責されるかわかったものではない。黙っていよう、と思った。

5

新月の夜から二日後の昼前、玲斗が社務所でカップラーメンを食べているとスマートフォンが着信を告げた。千舟からだった。通話ボタンを押し、おはようございます、と挨拶した。昨夜も祈念する人がいたので、そのまま社務所に泊まったのだ。幸い昨夜は天気がよかったし、祈念者が病気で倒れたりもしなかった。

「こんな時間におはようでもないでしょ。用件のみいいます。間もなくそちらに警察の人が行きます。クスノキを見たいそうなので案内しなさい」千舟は淀みなくいった。

「警察？　どうしてクスノキを？」

「捜査のためだそうです」

「何の捜査ですか。俺、悪いことなんかしてませんよ」

「そんなことはわかっています。そうじゃありません。詳しいことはあなたが直接訊いてください。じゃあ、任せましたからね」

はあ、と玲斗が中途半端な相槌を打ったら電話が切れた。スマートフォンを見つめて首を傾げる。何が何やらさっぱりわからない。

それから約三十分後、玲斗が境内の掃除をしていると、スーツを着た四十代ぐらいの男が石段から現れた。よく日に焼けた顔はいかつい。そして目つきはあまりよくなかった。その後ろからお揃いの服と帽子のグループが続く。テレビなどで見たことがある。たぶん鑑識班といわれる連中だ。

男はハンカチで額の汗をぬぐいながら真っ直ぐに近づいてきた。愛想笑いを浮かべているが、胡散臭くしか見えない。

「おたく、ここの人?」男は、ぞんざいな口調で訊いてきた。

「そうです」

「責任者は?」

「俺ですけど」

「おたくが?」男の顔から笑みが消え、怪しむ目を向けてきた。

玲斗は、むっとして相手を睨んだ。「何か御用ですか」

「本当におたくが責任者? ほかに誰かいないの?」

態度の悪いおっさんだ。口の利き方を知らないのか。

「ここには俺しかいません」玲斗は財布から名刺を出した。そこには『月郷神社　社務所管理主任　直井玲斗』と印刷してある。

名刺を見て、男は納得したように頷いた。

「そうだったのか。いや、柳澤さんから話は聞いていたんだけど、もっと年配の人かと思ったもんで」

　男はスーツの内ポケットから何か出してきて、玲斗の前に掲げた。警察手帳だった。覗き込み、名前を確認した。

「中里《なかざと》さん？」

　よろしく、といって中里は手帳を素早くしまった。

「クスノキを見たいそうだって聞いてますけど」

「そう、案内してもらえるかな」

「構いませんけど、理由を聞かせてもらえますか」

　玲斗がいうと、うーんと中里は唸った。

「それは追い追いってことでどうだろう。説明すると長くなるし、こちらとしてはなるべく早く作業に取りかかりたいんでね」

「作業って？」

「鑑識作業だよ。こちらのクスノキが、ある事件に関わっている可能性がある」

「ある事件って？」

「とりあえず説明はここまでってことで」中里が不気味に笑いかけてきた。

　玲斗はため息をついた。まるで説明になっていないが、何をいっても無駄だろう。

「わかりました。ついてきてください」

「ありがとう。悪いね」中里は少しも悪いと思っていない顔でいった。

玲斗は中里たちを引き連れ、クスノキに向かった。祈念口まで行くと中里は鑑識班たちには待機させ、ひとりだけで玲斗についてきた。いきなり大勢で踏み荒らすのを避けたかったのかもしれない。

繁みに囲まれた細い道を通り抜けた先にクスノキはある。中里は、おお、と声を上げた。

「こいつは立派だ。初めて見るけど、想像以上だ」

驚くのも無理はない。枝は四方に向かって大きく広がり、幹の太さは五メートル以上ある。さらに大蛇のように太く曲がりくねった根が地面を這っている。初めて目にした時、玲斗は荘厳さと迫力に圧倒され、身体が震えた。

「このクスノキが、どんな事件に、どう関係してるっていうんですか」

中里は迷った顔つきで右の耳穴をほじり、その指にふっと息を吹きかけた。

「三日前、ちょっとした事件が起きた。昨日、その事件の犯人らしき男を逮捕したんだけど、どうやら逃走中にこのクスノキの中に隠れていたらしい」

「いつですか?」

「一昨日の深夜、日付が変わる頃だ」

坂上が病院に運び込まれた夜だ。

「夜中の零時頃ってことですね。そうか、それならあり得るかも」

「というと？」

「俺がここを離れていたからです」

玲斗はあの夜の出来事を手短に説明した。

中里は考え込む顔になり、額に手をやった。

「つまり君が救急車に同乗してここを出たのが午後十一時頃で、戻ってきたのは午前七時頃。その時には誰もいなかったというわけか。誰かが忍び込んだ形跡は？」

「あったのかもしれないけど、気づきませんでした。見覚えのないものが落ちていたりしたら話は別だけど、そんなことはなかったですから」

「被疑者は午前六時頃にはここを出たといっているから話は合うな。わかった。じゃあ、鑑識作業に移らせてもらっていいね？」

「いいですけど、ひとつだけ質問させてください。その事件って、被害者が頭に大けがを負ったという強盗事件ですか」

中里の目元に、さっと険しい影がよぎった。だがすぐに不気味な笑みを浮かべると、人差し指を唇に当てた。「軽々しく口外しないでくれよ」

約束します、と玲斗はいった。

「中里さんは作業には加わらないんですか」

玲斗はペットボトルのウーロン茶をグラスに注ぎ、椅子に座った中里の前に置いた。二人は社務所の中にいる。鑑識班はクスノキや、その周辺を調べている最中だ。

「ありがたい。ちょうど喉が渇いてたんだ。あの石段を上がっているうちに汗をかいちまった。全く、今年の夏も暑そうだ」中里はウーロン茶をうまそうに飲んだ。「餅は餅屋って言葉があるだろ。鑑識作業は専門家に任せないとね。俺みたいな素人が余計なことをしたら文句をいわれちまう」

「中里さんは素人なんですか」

「鑑識に関して一定の知識はあるが、実務となれば素人だ。連中が活動している間は警視総監だって現場には近づけない」

「ドラマとは違うんですね」

「ドラマの刑事はかっこいいよなあ。いろいろと好きなことができて」そういってから中里は一枚の写真を出してきた。「この男に見覚えはあるかな」

写真をちらりと見て、どきっとした。つい最近、会った人物だったからだ。知ってます、と答えた。

中里の目が険しくなった。「名前は？」

「久米田……下の名前は何だったかな」

「知り合いか？」

「そんなんじゃないです。強いていえば犯行の目撃者かな。被害を受けたのは俺ではないけど」

「犯行とは聞き捨てならないね。どういうことだ?」

「まあ、それほど大した話じゃないんですけどね」

玲斗は久米田との関わりを中里に話した。些細なエピソードに失望されるかと思ったが、中里はそれなりに興味を抱いた顔になった。

「そんなことがあったのか。つまり久米田は、たまたまこの神社に逃げ込んだというより、前々から非常時の隠れ家として頭にあった可能性が高いわけだ」

「強盗事件で逮捕された男って、あのおっさんだったんですね」

やっぱりろくでもない人間だったんだな、と玲斗は思った。例の二百円だって、結局払いに来ない。

中里は肩をすくめた。「現時点での逮捕容疑は住居侵入罪だがね」

「強盗じゃないんですか。被害者は頭を殴られたんでしょ」

「まあ、そうなんだけど……」中里は歯切れの悪い口調でいい、室内を見回した。「ここの戸締まりはどうなってた?」

「えっ?」

「クスノキの儀式に来た人が倒れて、君が付き添いで病院にいた時だよ」

「ああ……それはあの、鍵はかけてなかったです。何しろ急なことだったので」

「戻ってきた時、異状はなかった？」

「なかったと思いますけど」

ふうん、と頷きながら中里は再び周囲に顔を巡らせた。

「クスノキのほうが済んだら、ここも調べさせてもらっていいかな」

「ここも？」玲斗は驚いて声のトーンを上げた。「どうしてですか？」

「久米田が忍び込んだかもしれないからだよ」

「あのおっさんが、どうしてここに忍び込むんですか」

中里は苦々しい顔になり、頭の後ろを掻いた。

「久米田はさあ、被害者の家に侵入したことは認めてるんだけど、犯行は否認しているんだ。それで、こっちとしては物証が欲しくてね」

意味がわからず、玲斗は眉根を寄せた。「どういうことですか」

「うーん、君には話しておいたほうがいいかな」

中里は不承不承といった様子で話し始めた。それによると次のような状況らしい。

被害者森部俊彦の妻からの通報を受け、警察は現場に駆けつけた。森部が倒れていた居間には血痕が付着していたが、乱闘があった様子ではなかった。そしてリビングボードの抽斗に入れてあったはずの現金が消えていた。

居間の隣に骨董品などを保管する部屋があり、窓の鍵が開いていて、犯人はそこから逃走したと思われた。さらに詳しく調べてみると、二階の浴室の窓から侵入した形跡が確認できた。森部の妻によれば、換気のために開けたままにしておくことが多く、施錠していなかったかもしれないといった。

捜査員が森部本人から話を聞けたのは、翌日の朝だ。それによれば、仕事に使う資料を取りにクルマで自宅に戻った。車庫にクルマを入れた後、そこから屋内に通じる非常口から家に入った。居間でリビングボードの中を捜していたら、背後に気配を感じた。振り返ると覆面を被った大きな男が立っていた。咄嗟に逃げようとしたが、その直後に後ろから殴られた。犯人に心当たりはない、とのことだった。

捜査陣は付近の聞き込みや防犯カメラの確認などを行った。その結果、当日の午後四時頃、不審な男が森部家の様子を窺っていたという証言が得られた。さらに近所の家の玄関に設置された防犯カメラにも、服装などから同一人物と思われる男が映っていた。森部に映像を見せてみると、昔からの知り合いの久米田康作だと断言した。

即座に捜査員数名が久米田家に出向いたが、老いた母親がいるだけで久米田の姿はなかった。どこに行ったのか、母親も知らない様子だった。捜査員たちは朝まで張り込んだが、久米田は帰ってこなかった。

ところが午前八時頃、近くの交番から、久米田が出頭してきたという連絡が警察署に入った。久米田家にいた捜査員たちが向かい、身柄を拘束した。

取り調べを受けた久米田は、森部の家に侵入したことは認めた。狙いは森部が大切にしている骨董品だった。居間の隣にあるコレクションルームを物色中、誰かが帰ってきた物音が聞こえた。ドアの隙間から覗くと森部だった。まずいと思い、物音をたてぬよう慎重に窓から逃走した。何も盗んでいない、そんな余裕はなかった——というのだった。

「そんなわけないだろう、森部さんを殴って現金を盗んだんじゃないのか、と問い詰めても、何もやってない、何も取ってないの一点張りだ。所持品検査をしてみたが、たしかに何も持っていない。出頭するまでどこにいたかという質問には、あちらこちら移動していてはっきり覚えてないなんてことをぬかしやがる。そこでスマホの位置情報を調べて、ようやくここに隠れていたことがわかったというわけだ。久米田のやつ、スマホにそういう記録が残ることを知らなかったみたいだな」

話が一段落したところで、口の中を潤わせるためか中里はウーロン茶を飲み干した。

「すると鑑識の人たちが調べているというのは……」

「正しくは捜しているんだ。久米田が盗んだ物をね。森部家から持ち出した現金をどこかに隠したはずだ」

「クスノキの中にはないと思います。昨日も今日も、俺が掃除しましたから」

「そりゃそうだ。奴だって、簡単に見つかるところに隠したりはしないだろう。そういうわけで、この社務所も調べさせてほしい。スマホをクスノキの中に置いたままにして、久米田がここに忍び込んだ可能性もあるんでね」

「わかりました」

スマートフォンに着信があったらしく、中里が電話に出た。二言三言話すと電話を切り、玲斗を見た。「すまないが一緒に来てもらえるかな。見てほしいものがある」

「何ですか」

「俺もよくわからない。とにかく行ってみよう」

「それはまあいいですけど」

中里と共に社務所を出て、クスノキのところへ行った。するとクスノキから少し離れた繁みに鑑識班が集まっていた。そばにケヤキの木が立っている。

リーダーと思われる人物が、ビニール袋に入った黒い布のようなものを中里に見せ、何かいっている。

直井君、と中里が玲斗を手招きした。「これに見覚えはあるかな」

玲斗は近づいていってビニール袋を見た。中に入っているのは黒い覆面だった。動物の豹をモチーフにしているのは一目瞭然で、しかも昔、テレビか何かで見たことがあった。

「ジャガーマスクだ」玲斗は思い出した。「有名なプロレスラーが被ってたやつですよね」

「それはわかっている。俺たちが子供の頃のヒーローだからな。これがそこのケヤキの下に埋めてあったそうなんだ。土の硬さなどから、最近埋めたと思われるらしい。心当たりはあるかな」

玲斗は首を横に振り、さらに手も振った。「ないです。俺が埋めたんじゃありません」

そうか、と中里は頷き、鑑識班のリーダーと何やらこそこそ話し始めた。玲斗はもう一度ジャガーマスクの覆面を見た。さっきの話では被害者は覆面を被った男に殴られたということだった。

久米田がこれを被って犯行に及ぶ姿を想像し、笑いがこみ上げてくるのを懸命に堪えた。


この夜は祈念の予約が入っておらず、午後六時過ぎに柳澤の家に帰った。すると珍しく居間に来客の姿があった。薄紫色のカーディガンを羽織った七十歳ぐらいの小柄な老婦人が、テーブルを挟んで千舟と向き合っていた。玲斗を見て会釈してきたので、こんばんは、と挨拶した。

「ちょうどよかった。あなたに紹介しておきましょう」

千舟にいわれ、玲斗は彼女の隣に腰を下ろした。

「こちら、久米田松子さん。私の小学生時代の同級生」

えっ、と玲斗は目を剝いた。「あの久米田のお母さん?」

「何ですか、呼び捨てにして」千舟が眉をひそめた。

「いいのよ、当然だから」松子がなだめるようにいった。「ごめんなさいね。今日、そちらにも警察が行ったんでしょう？　迷惑をかけて、本当に申し訳ございません」白髪頭を下げてきた。

「どういうことですか」玲斗は千舟と松子の間で視線を往復させた。

「あなたも聞いたと思うけど、康作さんが逮捕されたでしょ。松子さんの家、今日、家宅捜索されたそうなのよ。その時、月郷神社も捜索するという話を耳にして、迷惑をかけてすまないとお詫びに来られたというわけ」そこまで話してから千舟は例の黄色い手帳を開き、「それでよかったのよね。私、何かいい忘れたかしら」と松子に訊いた。

「大丈夫。大体、その通りよ」松子は玲斗のほうを見た。「神社では、何か変わったことがありました？」

「警察が変なものを見つけました」

玲斗はクスノキの近くからプロレスラーのマスクが見つかったことを話した。松子は不可解そうに首を傾げている。やはり思い当たることはないようだ。

「その後、警察は神殿の中や社務所も調べていました。でも結局、現金は見つかりませんでした。明日もまた捜索したいってことでした」

「そうですか。じつは、うちからも何も出てこなかったんです。息子の部屋だけでなく、ほかの部屋も調べられました。そりゃあ多少の現金は置いていますけど、それほどの金額ではないし、盗んだものかどうかは本職の人たちにはわかるみたいです」

盗まれた現金のナンバーがわかっているのかな、と玲斗は話を聞いていて思った。

「刑事さんによれば、久米田さんは家に忍び込んだことは認めているけれど、何も盗んでないし、森部さんを殴ってもいないと主張しているそうです」

玲斗の話を聞き、松子は顔を歪めた。

「そんな言い分が通るとでも思ってるのかしら。やっぱり、若い時にもっと苦労をさせておくんだった。うちの人が、一人息子ってことで、ずっと甘やかしてたから、どうしようもない出来損ないに成り下がっちゃった。あの子の考えていること、さっぱりわからない。きっと、大したことは考えてないんだろうけど」

中年男のことを「あの子」と呼ぶのを聞き、母親にとって息子とはいつまでもそういう存在なのだなと玲斗は思った。

「それで、これからどうするの?」千舟が松子に訊いた。

「どうするもこうするもないでしょ。成り行きを見守るしかないわよ。この際だから刑務所に入れてもらって、少々しんどい目に遭うのも、あのぼんくらにとってはいいかもしれないと思うし」松子の口調は悲観的ではなく、むしろさばさばしている。千舟の友人だけあって、かなり気丈なうえ、度胸もあるのだろう。

「あなたの気持ちはわかるけど、何もしないってわけにはいかないでしょ。本人はやってないというのなら、その話をもう少し詳しく聞いたほうがいいんじゃないの？」

「そんなことといっても、本人には会えないし」

「松子さんは会えないでしょうね。だけど会える人がいる。弁護士さんよ」

「弁護士？」

「知り合いにいない？　力になってくれそうな弁護士さん」

「弁護士さんねえ……」松子は浮かない顔つきだ。あてがないのかもしれない。

「あの、千舟さん」玲斗は口を挟んだ。「岩本《いわもと》先生は？」

「いわもと？」千舟の眉間に皺が入った。

「俺が事件を起こした時、警察から出してくれた弁護士さんです。千舟さんの学生時代の友達だって聞きましたけど」

千舟は怪訝そうな顔つきのままで黄色い手帳を手に取り、後ろのほうを開いた。そこには人間関係をメモしてあるのかもしれない。

やがて彼女は手帳から顔を上げ、玲斗を見て頷いた。

「岩本弁護士ね。ありがとう。いい人を思い出させてくれましたね」

「お世話になった恩人ですから」玲斗は肩をすくめた。

6

岩本義則《よしのり》が月郷神社にやってきたのは、玲斗が千舟に彼の名前を思い出させた日から四日目のことだ。事前に千舟からいわれていたので驚かなかったが、境内で迎える時には少し緊張した。

「久しぶりだね」

岩本は右手を出してきた。握手を求められていると玲斗が気づくのに数秒を要し、あわてて応えた。「お久しぶりです」

「元気そうで何よりだ」岩本は玲斗の作務衣姿を興味深そうに眺めた。「君がこの神社の管理を任されるとはね。柳澤女史の考えることは相変わらず大胆だ」

「まだまだ半人前です」

「柳澤女史から聞いたよ。大学に通っているそうじゃないか」

「通信制です。受験して合格したわけではないです」

「そんなことはどうでもいい。大事なのは、自分の道を見つけられるかどうかだ。コイントスなんかに頼らずにね」岩本はコインを放り投げるしぐさをした。

「あの時はありがとうございました。おかげで助かりました」玲斗は改めて礼をいい、深々と頭を下げた。

「私は依頼された仕事をやっただけだ。礼なら君の伯母さんにいいなさい」

「それは毎日のようにいっています。心の中で、ですけど」

ははは、と岩本は笑った。細い顔に黒縁眼鏡、見事な白髪は最初に会った時と変わらない。元の職場に忍び込み、窃盗と住居侵入の疑いで玲斗が逮捕されたのを、この弁護士が救ってくれたのだった。

「久米田の弁護、引き受けられたって聞きました。何とかなりそうですか」

玲斗の問いに岩本は口元を緩めただけで答えず、「クスノキを見せてもらっていいかな」と訊いてきた。

「もちろんです。御案内します」

どうぞ、といって玲斗は歩きだした。

「昨日、被疑者は再逮捕されたよ。今度は窃盗だ」

「盗んだ現金が見つかったんですか」

「いや、現金じゃない。盗品は君も見ているはずだ」

「盗品？　俺が？」思いついたことがあり、玲斗は足を止めた。「まさか、あの覆面ですか？　プロレスラーの」

岩本は苦笑して首を縦に振った。「ジャガーマスクのね」

「久米田のやつ、あんなものを盗んだんですか」

「本人によれば、返してもらっただけだということだがね」

「どういうことですか」

「まあ、歩きながら話そう。本当は、あまりべらべらしゃべっちゃいけないんだが、君なら口外しないだろうし」

「それはお約束します」

クスノキ祈念口に向かって、二人並んで歩きだした。

「久米田氏の知り合いに、かつてジャガーマスクのマネージャーをしていた者がいるらしい」岩本が、ゆったりとした口調で話し始めた。「その人物は覆面の管理もしていたんだが、マネージャーを辞めてしばらく経ってから、一枚だけ預かったままになっていたことに気づいたそうだ。たぶん覆面は予備がいくつかあったんだろうね。ジャガーマスク本人に連絡したら、デザインを一新したからいらないといわれ、そのまま持っていた。それを久米田氏が譲ってもらったということだった」

「ふうん。たしかにありそうな話ですね」

「三か月ほど前、久米田氏と麻雀仲間の森部さんとの間で、その話が出た。骨董品好きの森部さんは現物を見たいといいだした。後日久米田氏が覆面を見せると、森部さんは二万円で売ってくれといった。それを聞いて久米田氏は、もっと価値があるに違いないと踏んで、十万円なら売るとふっかけた。それは高いせめて三万、それでは安すぎる七万でどうだ、という具合に交渉が進み、結局五万円で話が落ち着いた」

「久米田は五万円で覆面を売ったわけですね」

あんなものに五万円か、と玲斗は覆面を思い浮かべる。自分なら五百円でも買わない。コレクターの心理は不可解だ。

「ところが最近になり、久米田氏は骨董品鑑定のテレビ番組を見ていて腰を抜かした。ジャガーマスクが実際に使った覆面なら、百万円は下らないという評価だったからだ。騙された、と久米田氏は気づいた」

そうか、と玲斗は相槌を打つ。何となく筋書きが見えてきた。

「覆面を取り返すために忍び込んだといってるんですね」

ふふふ、と岩本は笑いを漏らした。

「まともに交渉しても返してもらえないだろうから、と久米田氏はいっている。まずは忍び込んで取り返し、それを売って金を作り、五万円を森部氏に返すつもりだった、と」

「その言葉の後半は絶対に嘘ですよね。五万円を返すつもりだったというのは」

「そうだろうね。そんなことをしたら、覆面を盗んだのは自分だと告白するのも同然だ。まあしかし、現時点での本人の言い分はそういうことだ」

「要するに、騙し取られたものを取り返そうとしたってわけだ。ふうん、なるほどねえ。そういうことか」

　不意に岩本は足を止め、意味ありげな目を向けてきた。

「久米田氏にシンパシーを感じている顔だね」

　参ったなあ、と玲斗は頭に手をやった。

「ばれましたか。やっぱり岩本先生には何でも見抜かれちゃうな。正直いうと、多少気持ちはわかります。本来自分の手に入るはずだったものが入らないと、頭にきますからね」

　玲斗が元の職場に忍び込んだのは、理不尽な理由で馘首されたうえ、退職金も払ってもらえなかったので、その分を取り返そうとしたのだった。

「しかし久米田氏は、ジャガーマスクの覆面を騙し取られたわけじゃない。仮に金額が妥当でなかったとしても、売り手と買い手が話し合っての結果だから正当な売買だ。どう言い訳しようが窃盗は窃盗、弁解の余地はない」

「それはそうでしょうね」

　二人は再び歩きだした。祈念口から繁みの中を通り抜け、クスノキの前に出た。

　岩本は黒縁眼鏡に手をかけ、ほほうと声を漏らした。

「久しぶりに見たが、やっぱり立派だね。圧倒的な迫力がある。聖なる力があるという伝説が生まれるはずだ」

「先生はクスノキの祈念のことを御存じなんですか」

「昔、人から聞いたことがある。先祖伝来の家訓などを後世に受け継いでいく儀式だとか。それがなぜ、願い事を叶えてくれる、という言い伝えに変わったのかは知らないが」

どうやら祈念について正確なことは知らないようだ。だが玲斗は黙っていた。どんなに親しい相手であっても迂闊に話してはいけないと千舟からいわれている。

岩本はクスノキの洞に足を踏み入れた。

「ほう、思ったよりも広いね。これなら朝までの夜明かしも、さほど苦痛ではなかったかもしれないな」

「ここへ来たことについて、久米田はどんなふうにいってるんですか」

「目的は二つあったそうだ」岩本は指を二本立てながらクスノキから出た。「ひとつは盗んだお宝を隠すためだ。犯行の翌日、彼は早速覆面を売るため、都心に出た。ところが予め調べておいた店では、ディズニーや有名アニメなどのキャラクターグッズは扱っていても、プロレス関連の品物は対象外だと断られた。そこでいくつかの骨董品店や質屋を回ったが、どこでも門前払いされ、結局売れなかった。あの手の品物は様々なカテゴリーに分かれているから、店の取り扱い対象外となれば相手にしてもらえないようだ」

「ネットオークションに出せばいいのに」

「それは考えたそうだが、森部さんにばれるのを恐れたらしい。夜になって仕方なく戻ってきたところ、家を見知らぬ男性数名が出入りしているのをたまたま目撃した。男性たちは制服姿ではなかったが、久米田氏は直感的に警察だと察知したようだ。ジャガーマスクの覆面を持っていることがばれたらまずいと思い、隠し場所としてここを選んだというわけだ」

「そういうことでしたか」玲斗はケヤキの木に近づいた。「このあたりに埋めてあったそうです」

岩本は木を見上げ、頷いた。

「自供通りだね。どこに埋めたのかわからなくなると困るから、目立つ木のそばに埋めたといっている」

「久米田がここに来た目的は二つある、とおっしゃいましたよね。もう一つは何ですか」

「その後の行動を思案するためだよ。森部邸に忍び込んだことが警察にばれているのなら、いずれは捕まる。諦めて出頭する覚悟を決めたが、どのように説明すれば罪が軽くなるかをじっくりと考えたかったそうだ。あの夜は天気が悪かったから、雨露をしのげる場所でなければならなかった」

「クスノキの中でじっくり考えて思いついた言い訳が、森部さんの家には忍び込んだけれど何も盗んでない、森部さんを殴ってもいない、というものだったんですね」

「そういうことだ。ただしジャガーマスクの覆面が発見されたことで、何も盗んでいない、というのは嘘だと証明されてしまったがね」

「現金は見つかったんですか。この神社も、二日続けて警察に捜索されたんですけど」

「いや、見つかっていない。　聞いていると思うが、久米田氏の自宅も捜索を受けたが同様だった」

「盗まれた現金には何か特徴があったんですか。松子さんがそんなことをいってました。ナンバーがわかってるのかなと思ったんですけど」

「もしナンバーなら、照合するために家中の一万円札をかき集め、とりあえず押収するだろう。そうしないのは盗まれた現金には一目瞭然の特徴があるからだ。そして久米田氏の家からは、その特徴を備えた札が見つからなかった」

「特徴？　一万円札に？」やがて、ぴんときた。「わかった。新札だったんだっ」

「御名答。資産家が自宅に現金を置いている場合、帯封付きの新札であることが多い。盗まれたのは、そういうものだった」

「それが久米田の家からも見つからなかったんですね」

「そうだ。おかげで話が少々厄介なことになっている」

「どういうことですか」

「久米田氏は忍び込んで覆面を盗んだことは自供したが、現金には手を出していない、森部さんを殴ったりもしていないと主張している。絶対に本当だから信用してくれと私にもいった。そうなると話が大きく違ってくる。殴ったのなら強盗致傷罪で六年以上の実刑もあるが、殴っていないのなら住居侵入罪と窃盗罪だけだ。君の時のように示談が成立すれば、不起訴になる道も拓けてくる。とはいえ、信用しがたい話ではある」

玲斗は中里の話を思い出した。

「被害者によれば、犯人は覆面を被っていたそうですね。久米田が盗んだばかりのジャガーマスクの覆面を被ったってことでしょうか」

「状況から考えると彼が犯人ならそういうことになる。しかし本人は断固否定している。覆面なんか被っていない、せっかくのお宝が汚れたらまずいのでビニール袋から出してもいない、といっている」

「売る気ならそうでしょうね。被害者は犯人を見ているんですよね。どんな覆面だったか、覚えてないのかな」

「明確な記憶はないんだろう。もしジャガーマスクの覆面なら最初からそう明言していたはずで、そのことをネタに取調官が久米田氏を追及しないわけがない」

「でも久米田の話が本当なら、同じ家に窃盗犯と強盗犯が次々に侵入したことになります。そんなことってあり得るかなあ」玲斗は腕組みをした。

「その荒唐無稽な話を武器に、私は法廷で闘わねばならないのだよ。考えるとじつに頭が痛い。とはいえ――」岩本は、にやりと笑った。「あながち嘘ともいいきれない。現金が見つからないことに加え、捜査陣は彼が被害者を殴ったことを立証できずにいるからね」

玲斗は瞬きし、老弁護士を見た。「証拠がないんですか」

「捜査関係者からはっきりと聞いたわけではないが、おそらく決定的なものはないのだろうと私は睨んでいる。たとえば君は刑事から、犯人が被害者の頭を殴るのに使った凶器が何か、聞いているかな？」

「凶器ですか。そういえば聞いてないです」

「だろうね。私も聞いていない。無論警察は、わざと公表していないんだ。そうすることで、久米田氏が凶器について自供したら、犯人しか知り得ない情報というわけで、それが証拠になると思っている。そういうのを秘密の暴露という。警察が情報を隠すのは、得てしてそういう理由からだ」

「そうなんだ……」

「とはいえ今回の場合、それが犯人しか知り得ない情報とはいえない。私は被害者を搬送した救急隊員に会い、話を聞いてみた。それによれば現場には血まみれの灰皿が落ちていたらしい。クリスタル製の大きな灰皿だ。たぶん元々部屋に置いてあったものだろう」

「金持ちの家とかによくあるやつですね」

「ところで久米田氏は、犯行にあたり手袋を使用したといっている。ゴムの滑り止めが付いた軍手だ。それを付けて二階の浴室窓から侵入し、一階のコレクションルームからジャガーマスクの覆面を盗んだといっている。逃走するまで手袋を外さなかったそうで、実際指紋に関して警察はひと言も触れていない。久米田氏の侵入を裏付けた物証は、部屋から見つかった数本の毛髪だ。それが本人のものと一致した。さらにコレクションルームの棚や抽斗に、軍手で触れた形跡が残っていた。そういうのを手袋痕という。さてそこで灰皿だ。もしそれにも同様の手袋痕が付いていたなら、警察はそれを久米田氏に突きつけて追及するだろう。ところがそれをしていない。なぜか？」

さほど考えることもなく答えが思いついた。

「灰皿に手袋痕は付いてなかったんですね」

「おそらくそうなのだと思う。さらに覆面も違うのかもしれない」

「覆面？　違うって？」

「警察はジャガーマスクの覆面を詳しく調べたはずだ。もし久米田氏が被ったのなら、その痕跡が残っているだろうからね。現在の技術を使えば、わずかな皮脂からでもＤＮＡは検出できる。被ったことが証明できれば物証のひとつになり得るが、警察はそのことも久米田氏にはいっていない。つまり被った痕跡はなかったんじゃないかな」

「久米田が別の覆面を用意していた、とか？」

「次に警察が疑うとしたら、その可能性だろうね。しかしそんな覆面も、たぶん現時点では見つかっていない。久米田氏によれば、連日の取り調べで、取調官は同じことを何度も訊き、本当のことを話したほうがいいと説得するだけのようだ。彼の供述内容から矛盾を見つけられず、手詰まり状態になっているとみた。私は彼には、本当にやっていないのなら、決して取調官の口車に乗ってはいけないといっておいた」

あの空間は独特だものなあ、と玲斗は自分が取り調べられた時のことを思い出した。一刻も早く解放されたくて、訊かれるままにべらべらと答えていた。もし余罪があったなら、それも易々としゃべっていたかもしれない。

岩本が腕時計を見た。

「さて、ではそろそろ失礼するかな。案内してくれてありがとう」

「先生は久米田の話を信じてるんですか」

岩本は肩を小さく上下させた。

「弁護人だからね。被疑者の供述は本当だという前提で動かねばならない」

「信じてるかどうかを聞きたかったんですけど」

「久米田氏が話してくれたことは信じてやらねばならないと思っているよ。だけど彼がすべてを語っているという保証は、残念ながら何ひとつない」岩本の言葉からは何らかの思惑が感じられた。

「久米田は何か隠しているかもしれないと?」

「依頼人がすべてをさらけだしてくれるなら、こんなに楽な仕事はないよ。できることなら頭の中を覗いてみたいね」

ではまた、といって岩本は背中を向けた。

頭の中を覗く、か――。

その瞬間、玲斗の頭に閃いたことがあった。振り返り、クスノキを見上げた。

食事をする手を止め、千舟は玲斗に厳しい視線を向けてきた。「何ですって？　今、何といいました？」

だから、玲斗は伯母の目を見つめた。「松子さんに受念してもらうんです」

千舟の眉間に皺が刻まれた。「それでどうして万事が解決するんですか」

「いや、万事解決はいい過ぎかもしれません。でも久米田のいってることが本当かどうかは確認できると思います」

「どうしてですか」

「今もいったように、あいつはクスノキの中で夜を明かしながら、あれこれと策を練ったわけです。坂上さんが倒れた夜です。あの夜は新月で、クスノキの中には蠟燭がセットされたままでした。久米田はあれに火をつけたはずです。その状態で、いろいろと考え事をした。するとどうなります？」

千舟は箸を置き、小さく吐息を漏らした。

「クスノキが康作さんの念を預かる……かもしれませんね」

「すべてを受け入れるのがクスノキですからね。そこで松子さんの出番です。受念したら、久米田がどんなことを考えていたか、わかるはずです。本当にジャガーマスクの覆面を盗んだだけなのか、それとも森部さんを殴って現金も奪ったのか、明らかになります」

千舟は鼻先をつんと上げ、冷徹な目を玲斗に向けてきた。

「でもそれは祈念ではありません。正式な手続きを踏んでいないし、そもそも本人は念を預けた自覚がないわけでしょう？　それなのに無断で頭の中を覗くことなど認められるわけがありません。邪道です。そんなことを考えるのはクスノキの番人の道に反しています」

「でも、もしかしたら本人のためになるかもしれないいんですよ。本当のことをいってるのだとしたら、助けてやらないと。冤罪になっちゃいます」

あら、と千舟は一層冷めた表情になった。

「ずいぶんと優等生の発言ですね。助ける？　急に康作さんの味方？　あんなに馬鹿にしていたくせに。本音をいいなさい。違うでしょ？　あなたの狙いは康作さんの嘘を見抜くこと。つまり単に好奇心を満たしたいだけ。どう？　違ってる？」

鋭い指摘に玲斗は思わず言葉に詰まる。やっぱりね、と千舟はあきれたようにいった。

「だけど同じことじゃないですか。真相がわかれば岩本先生の役にも立てるし」

「馬鹿なことおっしゃい。クスノキの念が裁判の証拠になるとでも思ってるの？　それ以前に、岩本弁護士にどう説明する気？　クスノキの念によって真相がわかりました、久米田康作さんは本当のことを話しています――それで彼が納得するとでも？」

玲斗は肩を落とした。「どうしてもだめですか」

「いけません。この話はおしまい。食事をしましょう」

玲斗はため息をつき、箸を手に取った。今夜の主菜はマナガツオの煮付けだ。だがそれに箸を伸ばす前に顔を上げた。

「松子さんのためにもなると思うんです」

「しつこいですよ。おしまいといったはずです」千舟は顔を上げることもなく、突き放すようにいった。

玲斗は項垂れ、煮付けを箸で摘まみ口に入れた。いつも通りに美味しい。しかしそれを心の底から味わえないでいる。

すると千舟が、「どうして松子さんのためになると思うのですか」と訊いてきた。

玲斗は箸を置き、背筋を伸ばした。「理解できるチャンスだと思うからです」

「理解？　何を？」

「松子さんが久米田についていってたじゃないですか。あの子の考えていることがさっぱりわからないって。岩本先生の話だと、もし強盗致傷で起訴されて有罪となれば、最低六年間は刑務所に入らなきゃいけないそうです。その間、面会はできるけど、制約がいろいろとあります。短い時間に会って話してるだけじゃ、息子のことを理解するのは難しいと思うんです。しかも刑期は六年よりもっと長くなる可能性もあるわけで、こういっては何だけど松子さんだってそうお若くないから残された時間は――」

「おやめなさいっ」

千舟の声が鋭く飛んできて、玲斗は身体をすくめた。

「全くあなたという人間は、放っておいたら、どこまで無神経で好き勝手なことをいうつもり？」

「すみません。これは松子さんにとって絶好のチャンスだってことをいいたかったんです。クスノキに息子の念――本人が自覚してやったことではないけれど、心の中にあるものが預けられていて、それを母親の自分が受け止められるかもしれないと知ったら、松子さんは是非とも受念したいと願うはずです。千舟さんが松子さんの友達なら、その願いを叶えてやりたいとは思いませんか？」

千舟は、はあっと息を吐き、玲斗を見つめてきた。「相変わらずよく動くお口だこと」

「ごめんなさい。わかってほしくて……」

玲斗の言葉を聞き、千舟がふっと力を抜く気配があった。

「単なる好奇心だけでいっているのではない、というのはわかりました」

「白状すると、好奇心は大きいです。やっぱり気になりますから。でも松子さんがかわいそうだなと思う気持ちも強いです。それは嘘ではないです」

「松子さんがかわいそう……ねえ」

千舟は俯き、しばらく黙り込んだ後、顔を上げて玲斗を見据えてきた。
「次の満月の夜、祈念の予約がどうなっているかを調べておきなさい」
「今、調べます」玲斗はスマートフォンに手を伸ばした。

7

白く光る見事な満月を見上げ、本日の受念者は日頃の行いがいいのかもな、と玲斗は思った。今夜は雲のない晴天だ。空が雨雲に覆われていた新月の夜とは違い、月光の明るさのせいで星が見えない。

社務所の前で立っていると、鳥居のほうから二つの光が近づいてきた。懐中電灯を手にした千舟と久米田松子だ。

二人が社務所に来るのを待ち、こんばんは、と玲斗は挨拶した。

松子は不安げな様子で作り笑いをした。

「千舟さんから話を聞いたんだけど、何だか今ひとつよくわからなくて。クスノキに願掛けしたら、康作のことが何かわかるらしいんだけど……」

「あれこれ説明するより、とにかく祈念してもらったほうが話が早いと思ったのよ」

千舟の言葉に、同感です、と玲斗はいって松子を見た。

「では参りましょう。入り口まで御案内します」

はい、と殊勝な様子で松子は返事した。

玲斗は二人の老女と祈念口に向かって歩きだした。虫の声も聞こえない静かな夜だ。土を踏みしめる三人の足音だけが耳に入ってくる。

祈念口の前で玲斗は立ち止まった。

「ここから先は、おひとりでお進みください」提げていた紙袋を松子に差し出しながらいった。「蠟燭とマッチが入っています。クスノキの中に燭台がありますから、蠟燭を立て、火をつけてください。後は息子さんのことを考えてください」

「あの子の、どんなことを考えればいいのかしら」

「どんなことでも」そう答えたのは千舟だ。「康作さんに関することなら何でもいい。懐かしい思い出でもいいし、忘れてしまいたいような嫌なことでも結構。要は、あなたと息子さんの血縁がクスノキに伝わればいいのよ」

松子は顔をしかめた。「嫌なことならいくらでも思い出せそう」

「それでいいのよ。しっかりね」

はい、と頷き、松子は繁みの奥に進んでいく。それを見届けた後、玲斗は千舟と社務所に戻ることにした。蠟燭は二時間用だ。今は午後十時過ぎだから、終わる頃には日付が変わっているかもしれない。

「ここへはどうやって?」玲斗は訊いた。

「ハイヤーです。今は下に待たせてあります」

「それなら安心ですね。この時間だとバスもないし」

「今、こう思ったでしょ。ろくに収入がないくせに贅沢な、と」

「そんなことはないです」

「嘘おっしゃい。正直に答えなさい。贅沢だと思ったでしょ」

「……ちょっと思いました」

「ほら、やっぱり」そういってから千舟は吐息をついた。「私もね、贅沢だと思うのよ。若い頃は歩いてきてたし、あなたのように自転車を使ってた時期もあります。バスがなくても、何とかできたはずなんです。松子さんも驚いてました。タクシーで行くのかなとは思ったけれど、まさかハイヤーだとは思わなかったって」

「第一線から退いたとはいえ、柳澤グループの元最高幹部です。それぐらいの贅沢は許されるのかなっていう気もします」

千舟はげんなりしたように顔をそむけて手を振った。

「やめてちょうだい。私がそんなお世辞で喜ぶとでも思う?」

まるで反論できないので、すみません、と謝るしかなかった。

「怖いのよ」千舟が沈んだ口調で、ぽつりといった。

「怖い？」

「道に迷ってしまうことがよ。歩いていて、今自分がどこにいるのかわからなくなることが増えたわ。タクシーでも同じこと。窓からの景色が全く知らないものに見えたりして、運転手さんに道案内をする自信がないの。だからつい、運転手が顔見知りのハイヤーを使ってしまう」

「いいんじゃないですか。収入はなくても、貯金はたっぷりあるわけだし」

千舟が足を止め、見上げてきた。「どうしてあなたが私の貯金額を知ってるの？」

「知ってるわけではないですけど、たぶんそうだろうなと……」

「莫大な遺産を期待しているならいっておきますけど、そんなにはありません。残念でしたね」千舟は、すたすたと歩きだした。その後ろ姿には彼女らしい気丈さが戻っているようで、玲斗は少し安心した。気弱な千舟など見たくないのだ。

社務所に戻ると千舟がお茶を淹れてくれた。こんな時間に二人でここにいるのは久しぶりだ。玲斗が番人の見習いをしていた頃以来だろう。

「松子さんは、クスノキの祈念について知っていたわけではなさそうですね」

「そりゃあそうです。たとえ幼馴染みでも、軽々しく話したりはしません」

「今回、松子さんにはどんなふうに説明したんですか」

「少々込み入ってますからね。あなたの演説を使わせていただきました」

「演説って？」

千舟は自分のスマートフォンを操作し、テーブルに置いた。間もなく声が聞こえてきた。

（久米田のいってることが本当かどうかは確認できると思います）

ほかならぬ玲斗自身の声だ。それに対して、どうしてですか、と千舟が尋ねている。

（今もいったように、あいつはクスノキの中で夜を明かしながら、あれこれと策を練ったわけです。坂上さんが倒れた夜です。あの夜は新月で、クスノキの中には蠟燭がセットされたままでした。久米田はあれに火をつけたはずです。その状態で、いろいろと考え事をするとどうなります？）

（クスノキが康作さんの念を預かる……かもしれませんね）

（すべてを受け入れるのがクスノキですからね。そこで松子さんの出番です。受念したら、久米田がどんなことを考えていたか、わかるはずです）

千舟はスマートフォンに触れ、音声を止めた。

「この後のやりとりも松子さんに聞いてもらいました。あなたが松子さんのためだと力説したところもね」

「録音されてたとは知りませんでした」

「気分を害したのなら謝ります。でもこれも備忘録のためでね」千舟はバッグからボールペンを出した。「これ、ふつうのボールペンじゃなくて、ボイスレコーダーなの。大事な話をした後、すぐに手帳に書こうとするんだけど、その時点ですでに話の内容を忘れてたりするものだから、これを使うことにしたんです」

「なるほど、それはいい考えですね」

「聞き終えた後も消去せず、ファイルをパソコンに保存しています」

そのデータをさらにスマートフォンに転送したらしい。

「やりますね。頭のほう、まだまだ健在じゃないですか」

「お世辞は結構だといったはずよ。でもまあ、ずいぶんと助かっています。これのおかげで会話が嚙み合わなくなることも少なくなりました」

それは玲斗も感じていたことなので、よかったですね、と心からいった。

「耳から入る情報は、これでかなりカバーできるようになりました。あとは目から入る情報ですね。何を見たのかを忘れてしまうのは、本当に困りものです。とはいえ、すべてのものをカメラで撮影しながら生活するのは大変ですからね」

玲斗は、ぱちんと指を鳴らした。

「あれはどうですか、ＧｏＰｒｏは？」

「ゴープロ？　何ですか、それは」

「アクションカメラです。身体にくっつけておいて、目の前のものを全部撮影しちゃうんです。手ぶれ補正機能がすごくて、動き回っても画像がぶれないんです。スキーヤーとかスノーボーダーがよく使っています。ヘルメットにカメラをくっつけるんです。こんなふうに」

玲斗は頭頂部に拳を立てた。「正面から見ると、お殿様のちょんまげみたいな感じですけど」

「カメラの付いたヘルメットを私に被れと？」

「そうすれば視界に入るシーンはすべて録画できます。ゆうべ何を食べたかを忘れても、動画を再生すればわかります。いかがでしょう」

千舟が宙を見つめている。ちょんまげを、と呟きながら何かを被る仕草をした。

ごめんなさい、と玲斗は謝った。「冗談です」

「冗談？」

「そんなものを被って生活できるわけないですよね。あはは」

千舟はむっとしたように睨んできた。「紛らわしい冗談をいわないように」

「すみません」玲斗は再び謝りながら、紛らわしいかな、と内心首を傾げた。

時計を見ると、すでに三十分以上が経っていた。

「松子さん、うまく受念できてますかね」

さあ、と千舟は湯飲み茶碗を両手で包んだ。

「新月の夜にクスノキの中にいたといっても、本人に預念する気はなかったわけですから、心の中のものがどこまでクスノキに預けられたかはわかりません」

「久米田の供述が本当かどうかだけでもはっきりしたらいいと思うんですけどね」

「念のためにいっておきますけど、どうだったかなどと松子さんに尋ねてはいけませんよ。クスノキの番人は――」

「祈念の内容に関与してはいけない、でしょ。わかっています」

「私だって、自分からは何も訊かないつもりです。受念した内容をどう扱うかは松子さん次第です」

「だから、わかってますって」玲斗は茶を啜った。「ところで、岩本先生のほうは、その後どうなってるのかな」

「松子さんによれば、康作さんが被害者を殴ったという証拠は、まだ出てきていないようです。今は住居侵入と窃盗で勾留されていますが、勾留期間が過ぎれば、今度は傷害で再逮捕される可能性は高そうだとのことでした。そうなれば物証がなくても、最終的に強盗致傷で起訴されてしまうかもしれませんね」法学部出身だけあって、軽度認知障害がありながらも複雑な法律用語がすらすらと出てくる。

「それで有罪になりますか」

「なるかもしれません。忍び込んで、盗みも働いた。でも殴ったのは自分じゃない、という言い分を裁判員たちが信用してくれるかどうかは微妙です」

「そうですよねえ。俺なら信用しないな」

「でも岩本弁護士は、信用してもいいかもしれない、と松子さんにおっしゃったそうです」

「どうしてですか」

「仮に有罪判決となった場合、罪を認めているかどうかで量刑が大きく変わってくるからです。否認を続けていると反省していないとみなされます。やったのならやったと正直に白状して、反省の態度を示したほうが裁判に向けては有利なのです。取調官からも、そのように説得されているみたいです」

「それでも久米田は認めていない、ということは……」

「本当はやっていたのなら、そんなふうにいわれたら気持ちがぐらつくはずです。でも康作さんは断固として否認を続けている。さほど強い意志を持っているとは思えない人物が、あれほど揺るがないのは、嘘をついていないからではないか、というのが岩本弁護士の見立てだそうです」

岩本先生らしい見解だな、と玲斗は思った。依頼人を信用しているわけではない。常に相手の人間性を念頭に置きながら判断を下すのだ。

その後、玲斗がひとりで社務所の外で待っていると、松子が戻ってくるのが見えた。社務所の戸を開け、「終わったみたいです」と中で休んでいた千舟に声をかけた。

松子が社務所に戻ってくると、お疲れ様でした、と玲斗はいった。

久米田松子の顔は明らかに強張っていた。放心しているようにさえ見えた。クスノキの力に圧倒されたからか、伝わってきた念にショックを受けたせいかはわからない。その両方かもしれない。いずれにせよ初めて祈念する者たちに共通する反応だ。

「気分はどう?」千舟が訊いた。

「ええ、大丈夫」そう答えた松子の声が少し震えた。

「じゃあ帰りましょうか。家まで送っていくわ」

そうね、と松子は答えたが、目の焦点は定まらないままだった。

玲斗は祈念の後片付けを済ませると、着替えをし、ノートパソコンや教科書を入れたバックパックを背負って社務所を出た。移動手段は古い自転車だ。石段の下の空き地に止めてある。ポンコツなので盗まれる心配はない。

屋敷に戻ると、黒塗りのハイヤーが門の前に止まっていた。運転手が乗っているのが見える。だが後部座席は無人のようだった。千舟が松子を家まで送り、帰ってきたのなら、もうハイヤーは不要のはずだ。つまり松子は家にいる。

玲斗は門の脇にある通用口をくぐった。玄関の鍵をあけて中に入ると、スニーカーを脱いで奥に向かって廊下を進んだ。

「そうすると岩本弁護士には何も話す気はないのね」

居間から千舟の声が聞こえてきた。玲斗は思わず足を止めた。

「話しても信用してくれないだろうとか、そういうことではなくて、敢えて黙っておこうということね」

「そう、馬鹿は馬鹿なりに考えてのことだと思うから。私も腹をくくろうと思って」松子の声には張りがあった。クスノキから戻ってきた時とは別人のようだ。

「でも本当にそれでいいの？　起訴されて有罪になったら刑務所暮らしなのよ」

「だから、その時はその時だといってるでしょ。さっきから何遍同じことをいわせるの」

「わかった。ごめんなさいね。軽度認知障害だから、すぐに忘れるのよ」

「それ、便利な病気ね。私もその手を使おうかしら。都合の悪い時には、ごめんなさい、軽度認知障害なので忘れちゃったっていうの」

「そんな小芝居なんかしなくたって、そのうちにあなたもなるわよ」

「きっとね。それどころか、もうなってたりして」

軽やかで落ち着きのある笑い声が聞こえた後、「そろそろ失礼するわ」と松子がいった。

玲斗は足音を殺し、急いで玄関まで戻った。改めて廊下のほうを向いた時、居間のドアが開いて千舟が出てきた。

「あら玲斗、今帰ってきたのね。お帰りなさい」

「ただいま」

千舟の後ろから松子も現れ、「今夜はお世話になりました」と頭を下げてきた。

「お役に立てたのならよかったです」

「松子さんをクルマまで送ってくる」千舟がいった。「すぐに戻るから玄関の鍵はかけないで」

「わかりました」

二人が出ていくと、玲斗は足早に廊下を進み、居間に入った。黄色い手帳とボールペンがテーブルに置いてある。ボールペンを手にし、キャップを回すと本体から外れた。断面部にはイヤホンジャックとUSB端子が並んでいる。

玲斗はバックパックを下ろし、パソコンを取り出した。

8

早川きょうだいが現れたのは、空が赤く染まるにはまだ少し早い頃だった。玲斗は社務所でパソコンに向かってはいたが、窓のカーテンを開放し、時折外の様子を眺めていた。彼等が来るのを待っていたからだ。おかげでレポートはちっともはかどらなかった。

玲斗は社務所から出て、彼等を迎えた。

こんにちはっ、と元気に挨拶してきたのは翔太だ。横にいる妹の名前を玲斗はまだ知らなかった。

こんにちは、と返してから玲斗は佑紀奈のほうを向いた。

「急にお願いして悪かったね」

いいえ、と佑紀奈は小さく首を振った。唇に笑みを浮かべているが、どことなく表情が硬い。前に会った時より、少し痩せたように見えた。

「持ってきてくれたみたいだね」玲斗は彼女の手に提げられた紙袋を見た。「何冊ある？」

「二百五十冊持ってきました。何冊でもいいっていわれたから……」佑紀奈は遠慮がちに答えた。

「構わないよ」玲斗は紙袋を受け取った。ずしりと重い。「急に頼んだのに、よくこんなに作れたね」

「それは……」佑紀奈が口籠もる。

「たまたま作ってあったんだって」翔太が答えた。「前に作ったのが全部売れたから、お姉ちゃんがひとりで作っておいたそうなんだ」

「そうか。それは……すごいね」

佑紀奈は相変わらず硬い微笑みのままだ。

玲斗は翔太を見た。

「ちょっとお姉さんを借りてもいいかな。少し話がしたいんだ。その間、君たちは境内で遊んでていいよ」

わかった、といって翔太は駆けだした。幼い妹が彼の後を追った。

「座って話そう」玲斗は社務所の前を指した。パイプ椅子を二つ、並べて置いてある。

はい、と佑紀奈は小声で返事をした。顔に怯えの色が浮かんでいる。

並んで座った後、玲斗は財布から五万円を出した。「はい、代金」

佑紀奈が上目遣いをした。「本当にいいんですか?」

「もちろんだ。一冊二百円だろ? 二百五十冊なら五万円だ」

彼女は迷いと躊躇いの表情のまま、ありがとうございます、といって代金を受け取った。

今日の午前中、玲斗は彼女にメールを出した。詩集を買い取りたいので、残っている分をすべて持ってきてほしい、という内容だった。神社に置き、参拝者に無料で配布することにした、と添えておいた。

「いい詩集だからね、無料となれば、喜んで持って帰る人は多いんじゃないかな」

「そうだといいんですけど」

「きっとそうなるよ。だって君が手売りしたら、十冊や二十冊は簡単に売れたんだろ? 翔太君が自慢してたよ」

佑紀奈は黙って俯いた。

「あのおっさんは、まだ金を払ってないけどね。ほら、詩集を持ち逃げしようとした奴がいたじゃないか。今度会ったら催促しようと思ってたんだけど、あいつ今、ブタ箱にいるらしいんだ」

佑紀奈が息を呑む顔になった。さらに目の縁が瞬時に赤くなるのを玲斗は認めた。

「少し前に強盗事件があったのを知ってるかな。森部俊彦とかいう実業家が襲われて、金を奪われた事件だ。その犯人じゃないかってことで捕まったんだ」

「そういう事件があったらしいってことは、何となく聞いたような気がするけど……」佑紀奈の語尾は弱々しく消えた。

「あのおっさん、忍び込んで物を盗んだことは認めてるけど、森部さんを襲ってなんかいないし、現金も奪ってないといい張ってるそうだ。その話が本当なら、もう一人別の人間がいて、そいつが森部さんを襲ったってことになるわけだけど、それならおっさんが見ているはずだ。これ一体、どういうことなんだろうね」

「……どうしてあたしにそんな話をするんですか？」佑紀奈は上目遣いに玲斗を見て、少し震えた声で訊いてきた。

「あっ、ごめん。話が横道にそれちゃったな。じつは君に渡したいものがあるんだ」

「あたしに？」

玲斗は作務衣の内側に手を入れ、封筒を出した。

「あのおっさんに付いてる弁護士さんが、ここに持ってきた。詩集を書いた女の子に渡してほしいってことだった。あのおっさんが書いたらしい。もちろん警察も内容をチェックしただろうけど、問題ないと判断されたみたいだ。悪いけど、俺も読ませてもらった。詩集の感想だった」

「感想……」

「あいつに詩集を渡した時、君がいったじゃないか。感想を書いてくれって。あのおっさん、その約束だけは果たしてくれたようだ」

佑紀奈は封筒を受け取ると、中から一枚の便箋を出した。文面を読む彼女の横顔を玲斗は窺った。睫がぴくぴくと動くのがわかった。

文面は次のようなものだ。

『詩集、すごくよかったです。どの詩にも感動しました。うまくいえないけど、元気が出ました。これからは、もっとがんばらなきゃなあ、あきらめずしっかりしなきゃいけないなあ、努力してまともな人間にならなきゃなあと思いました。そんなふうに思えたのは、あなたの詩のおかげです。おかげで生まれ変われました。ありがとう。

これからも、すばらしい詩をいっぱい書いてください。あなたが今後も、これまでと変わらぬ幸せな日々を御家族と共に送れることを心から祈っています。久米田康作より』

佑紀奈が顔を上げた。放心したように目の焦点がさだまっていない。

「どう？」玲斗は訊いた。

佑紀奈は何度か瞬きし、こっくりと頷いた。

「嬉しいです。こんなふうに思ってもらえて……胸が……熱くなります」

「これまでと変わらぬ幸せな日々を、と書いてあるね」

「はい……」

「今のままでいい、ということだと思うよ。それがあのおっさんの望みなんだ」

佑紀奈が深く呼吸を繰り返した。そのたびに細い肩が上下した。

「事件の話に戻るけど、被害者の森部さんは、自分を襲った犯人は覆面を被った大きな男だといっているらしい」

えっ、と声を漏らして佑紀奈が玲斗のほうを向いた。「男？」

「だから、その条件に当てはまらない人間が疑われることはないわけだ」

佑紀奈の視線が、また宙に浮いた。

玲斗は立ち上がり、草むらでしゃがんでいる弟と妹に向かって、おーい、と声をかけた。

二人が戻ってきた。妹は白い花を右手に持っている。

「話は終わった。気をつけて帰りな」

うん、と翔太が答えた。「帰ろう、お姉ちゃん」

佑紀奈が腰を上げた。玲斗を見て、何かいいたそうにしている。

またな、と玲斗が先にいった。「チャンスがあったら、また話そう。ゆっくりと」

彼女は複雑な思いを秘めた表情を浮かべ、小さく顎を引いた。

空が赤く染まり始めていた。夕日を受けながら三人が去っていくのを玲斗は見送った。

9

レターパック、というものがある。厚紙で作られたA4ファイルサイズの封筒で、荷物や手紙を送れる。ポスト投函が可能で、追跡サービスで荷物の配達状況を把握できるという便利な郵便物だ。ただし現金は送れない。レターパックの裏には、「『レターパックで現金送れ』はすべて詐欺です。」と注意書きされている。また日本郵便は過去に特殊詐欺に使われた住所を警察から提供してもらい、宛先が該当している場合はX線検査を行い、中身が現金とわかれば通報するようになった。それでも依然として、その手の犯罪に悪用されるケースが減らないらしい。

ある家で、そうした犯罪と正反対の出来事が起きた。レターパックで現金を送ったのではなく、送られてきたのだ。その家とはほかでもない、例の事件の被害者である森部宅だ。ある日郵便受けにレターパックが届いていて、開けたところ中から現金が出てきた。

現金は帯付きの百万円と添えられた二万円の、合わせて百二万円だった。さらに便箋が一枚入っていて、次のように記されていた。

『森部俊彦を襲い、現金を奪ったのは私だ。久米田康作氏は無関係。』

この奇妙な出来事は、間もなくネット上で拡散した。警察が情報を流したわけではない。

森部の妻が知り合いに話したところ、その人物がＳＮＳに書き込んだのだ。玲斗もそれを見て、この事実を知った。

それから数日後のことだ。

「今日、松子さんが来ました」夕食時に千舟が切りだした。「康作さんは処分保留で近々釈放される、と岩本弁護士から連絡があったようです」

「釈放？　無罪放免ってことですか」

千舟は、かぶりを振った。

「そうではなく、起訴するかどうかの判断を先送りにするということです。勾留期限が近づいてきて、本来なら強盗致傷で再逮捕するはずが、物証が少なすぎたようです。岩本弁護士が知り合いの刑事を通じて探りを入れてみたところ、例のレターパックで送られてきた現金が決定的だったとか」

「どういうことですか」

「ええと……」千舟は箸を置き、傍らの黄色い手帳を取り上げた。「警察が詳しく調べたところ、盗まれた現金に間違いないことがわかったそうです。森部さんの指紋が付いていたとか。つまり事件に関与している人間が、康作さんのほかにいると判明したわけです。札束には、別人のものと思われる指紋も付いていましたが、康作さんのものではありませんでした。また手袋で触れた痕跡も見つからなかったそうです」

「警察は、久米田に共犯者がいたという可能性は考えなかったのかな」

「そのことは、ずっと疑っているそうです。でも証明できなかったのでしょうね。康作さんの侵入経路は徹底的に調べられています。仲間がいたのなら痕跡が残るはずです」

「じゃあやっぱり久米田が逃げた後、別の人間が侵入して、森部さんを襲ったってことか」

「そう考えるしかないのですが、岩本弁護士によれば、警察も検察も納得しているわけではないだろう、とのことです。やはり康作さんが何らかの形で関与しているのではと疑っていて、釈放された後の行動を監視する気ではないか、と岩本弁護士は松子さんにいったそうです。そうでないのなら処分保留なんていう中途半端なことはせず、住居侵入と窃盗で起訴するはずですからね」千舟は手帳を閉じ、元の場所に戻した。

「そういうことか。でもとりあえず、松子さんはほっとしてるだろうなあ」

「最悪の事態は避けられた、というところでしょう。そもそも他人の家に忍び込み、盗みを働いたこと自体が論外なのですが」

かつて同じことをした玲斗には返す言葉が思いつかない。黙ったまま皿に箸を伸ばした。今夜の主菜はサワラの西京焼き。千舟は肉料理があまり好きではないようだ。

「あなた、一度も尋ねてきませんね」

「何をですか？」

「私が松子さんから何を聞いたか、です。彼女がどんなことを受念したか、気になっていると思うのですが」

「そりゃあ気になってますけど、詮索しちゃいけないってのがルールじゃないですか」

「その通りだけど、そのルールをあなたが大人しく守っているのが気掛かりです。あなたが松子さんに受念させるよういいだしたのは、好奇心からだったでしょ？　それを満たそうとしないなんて、何だか変です。気味が悪い」

「心外だなあ」玲斗は口を尖らせた。「我慢してるんですよ。千舟さんは松子さんから何か聞いているかもしれないけど、どうせ教えてくれないだろうと思って。それとも、訊いたら教えてくれるんですか？」

「だめに決まっています」

「ほら、やっぱり」

千舟は再び箸を置き、じっと玲斗を見つめてきた。腹の中を探ろうとする目だった。

「あの五万円は何に使ったのですか」不意に尋ねてきた。「大学の教材を買うから貸してくれといいましたよね。でも、どう考えても少し高すぎます。本当は何に使ったのですか。正直にいいなさい」

玲斗は大急ぎで言い訳を考えつつ、このタイミングで訊いてくるとは相変わらず鋭いな、と舌を巻いていた。とても軽度認知障害とは思えない。

ごまかすのはやめることにした。玲斗も箸を置き、両膝に手を置いた。

「詩集を買いました」

「詩集……例の、ええと」

「『おーい、クスノキ』です。早川佑紀奈さんの手作り詩集です。あれを二百五十冊買いました。社務所の前に置き、希望者に持ち帰ってもらおうと思います」

「詩集を……」

「その時、佑紀奈さんにこれを見せました」玲斗はスマートフォンを手にした。佑紀奈に渡した手紙を、事前に撮影しておいた。その画像をスマートフォンに表示させ、千舟の前に置いた。

それをじっと見つめた後、千舟は手帳を開き、思考を巡らせる顔つきになった。やがて何度か首を縦に振った。

「そういうことでしたか。納得しました。その話を先に聞いていれば、どうして松子さんの受念内容を知りたがらないのか、という質問をする必要はなかったですね」彼女はボールペンを手に取った。「これからは迂闊に置きっぱなしにはできませんね」

すみません、と玲斗は首をすくめた。

「今回は許します。でも次にやったら承知しませんよ」

「わかっています。ごめんなさい」

千舟は、ほっと息を吐き、手帳とノートを並べて置いた。

「あなたがやったことを松子さんには話しません。それでいいですね」

はい、と玲斗は答えた。


翌日、玲斗がクスノキの周りの雑草を引き抜いていると、「お疲れさん。今日も暑いね」と声を掛けられた。中里だった。ネクタイを緩め、脱いだ上着を肩に担いでいる。

「社務所の管理だけでなく、たった一人で境内の掃除や手入れもするのか。大変だな」

玲斗は立ち上がった。「まだ何か調べることがあるんですか?」

「気分転換だ。事件が一区切りしたのでね。何となく、ここへ来てみたくなった」

「解決したんですか」

「一区切りといっただろ。解決したわけじゃない」

「盗まれた現金がレターパックで被害者の家に送られてきたそうですね」

中里は口元を歪めたが、その目は笑っていた。

「素人さんを口止めするのは難しいね。すぐに情報を外に漏らしちまう。おまけにSNSで拡散。たまらんよ」

「被害者を襲って現金を奪った犯人は、久米田じゃなかったということですね」

中里は鼻の横を掻いた。「まっ、そうなるわな」

「一軒の家に窃盗犯と強盗犯が入れ違いに侵入したわけだ。森部って人、よっぽど日頃の行いがよくないんだな」

　だが中里は何も答えず、宙の一点を見つめている。やがて吹っ切るようにため息をつくと、「仕事の邪魔をしてすまなかったな」といって踵を返した。

「喉、渇いてませんか？」玲斗は中里の背中に訊いた。足を止めて振り返った刑事に、さらに続けた。「冷えたウーロン茶がありますけど」

　中里はほんの少し迷った顔を見せてから頷いた。「一杯だけ御馳走になろうかな」

　社務所に戻ると、玲斗はペットボトルのウーロン茶をグラスに入れ、中里の前に置いた。

「さっきの君の説は当たっている」ウーロン茶をひと口飲んでから中里はいった。「森部という人物、日頃の行いがいいとはあまりいえないらしい。強引であくどい商売をするものだから、敵も多かったようだ。機会があれば恨みを晴らしてやろうと考える輩がいても不思議ではない」

「そういう輩が二人、あの日にたまたま実行したってことですね。一体何があったんだろう」玲斗は首を捻ってみせた。

「久米田の供述に基づいて、あの日に起きたことを多少想像を交えて整理すると次のようになる」中里は人差し指を立てた。「まず久米田が二階の窓から侵入し、一階のコレクションルームでジャガーマスクの覆面を捜した。一方森部氏はクルマを車庫に止め、非常口から屋内に入った。誰かが帰ってきた物音を聞いた久米田は、ドアの隙間から森部氏の姿を認めると、覆面を持って窓から逃走した。次にもう一人の犯人Xの登場だ。Xは久米田とは逆に、その窓から侵入した。もしかするとXは久米田が窓から出るのを目撃したのかもしれないな。侵入の目的は盗みだった。ところが居間では森部氏が何やら捜し物をしている最中だった。Xは手近にあった鈍器を取り、背後から近づいた。森部氏は気配を感じて振り返り、逃げようとしたが、Xが鈍器を振り下ろすほうが早かった。Xは室内を物色して現金を見つけると、気絶した森部氏を残して立ち去った――」中里はグラスを摑み、ウーロン茶を飲み干すと玲斗を見た。「今の話を聞いてどう思った?」

「すごいです」玲斗は即答した。「そんなことが起きてたんですね。びっくりしました」

「想像を交えて、といっただろ。事実だとはかぎらない。当事者の話を百パーセント信用するなら、こんなストーリーになるというだけだ」

「その言い方からすると、やっぱり久米田の話を信用してないんですね」

「やつの話だけじゃない」

えっ、と玲斗は刑事の顔を見返した。「それ、どういう意味ですか」

中里は何かをいいかけたが、思い直したように口元を緩めた。

「少ししゃべりすぎたかな。このへんにしておこう。ウーロン茶、御馳走様」そういって腰を上げた。そのまま出ていこうとする。

「待ってください。今のままだと、久米田ってどの程度の刑になると思いますか」

中里は肩をすくめ、首を傾げた。

「さあね。たとえ二束三文の品物でも、窃盗は窃盗だからな」

「二束三文？」

「例のジャガーマスクだ。鑑定してもらったところ、稚拙な偽物だったらしい。せいぜい三千円ってところで、それを五万円で買ってもらったんだから、久米田はむしろ森部氏に感謝すべきだった」

「何だそれ……」

「じゃあ、また」中里は片手を軽く上げ、社務所を出ていった。

刑事の後ろ姿が遠ざかるのを確認してから、玲斗は机に戻った。ノートパソコンを起動させ、デスクトップに置いてあるファイルを開いた。

音声ファイルだった。久米田松子が受念した夜、千舟のボールペン型ボイスレコーダーからコピーした。松子と千舟の会話が録音されている。

玲斗はスタートスイッチをクリックした。パソコン内蔵のスピーカーから最初に聞こえてきたのは、含み笑いだった。

（だめねえ。いざ話そうと思ったら、どこから話せばいいのかわかんなくなっちゃった）

松子の声だ。少し上擦っている。受念の直後で、気持ちが不安定だからかもしれない。

（順番なんてどうだっていいわよ。好きなところから話して。康作さんの念は伝わってきたんでしょう？）千舟が穏やかな声で促した。

（伝わってきた。驚いた。正直いうと半信半疑だったのよ。話には聞いていたけど、あんなふうになるなんて思わなかった。いろいろなものが突然頭の中に浮かんできたの。見た覚えのない景色や会ったことのない人の顔が次々と）

（それが念よ）

（そのうちに、康作が一番気にしていることが何なのか、わかるようになってきたわ。ほかでもない、森部さんの家に忍び込んだ時のことだった。プロレスの覆面を捜していたら、誰かが帰ってきた。康作は息を潜めて、逃げるチャンスを窺ってた。すると話し声が聞こえてきた。一方は男性の声で、すぐに森部さんだとわかった。そしてもう一人は若い女性みたいだった。聞き耳をたてていたら、どこかの店に行くんじゃないんですか、と女性が訊いている。それに対して森部さんは、今日はここでいいじゃないか、と答えた。自宅でデートしているカップルなんていくらでもいる。お金を受け取った以上、君は僕の彼女だ。そうだろう、と。女性は、あくまでもバイトです、そんなことをいうならさっきの二万円はお返しします、と反論した）憑かれたように早口で話していた松子だったが、ここで急に言葉を途切れさせた。沈黙が少し続いた。

（聞いたことがあるわ）千舟がいった。（お金を貰って好きでもない相手とデートするっていうバイトがあるそうね。私には気がしれないけれど。森部さんと一緒にいた女性は、それ

をしていたわけね）

（康作も、そう気づいたみたい。女性が誰なのかは気になったけど、とりあえず逃げるのが先決だと思い、窓から外に出た。そうして家から少し離れたところから、森部さんの家を見張ってた。三十分近くも、そこにいたみたい。馬鹿よねえ。その姿が近所の防犯カメラで撮られたのよ、きっと）

（それで、康作さんは女性を見たの？）

（車庫から出てくるのを見たわ。康作はすごく驚いた。女子高生だったから。しかも知っている女の子だった。同時に一冊の詩集が頭に浮かんだ）

ああ、という千舟の声が入った。

（その詩集、知ってるわ。『おーい、クスノキ』という詩集よ。一時期、月郷神社に置いてあったの）

（そうらしいわね。康作は持ち逃げしようとしたところを見つかって捕まったけど、詩集を作った女の子が偶然やってきて、許してもらえたみたい）

（その話は玲斗から聞いてるわ。そう……あの詩集を作った女の子が……）

（次の日の昼間、康作はニュースで事件を知ってびっくりした。森部さんが襲われて、お金を奪われてると報道されてたから。あの女の子の仕業だと気づいた。クスノキで一晩を過ごしながら、康作はどうしたらいいか考えた。たぶん馬鹿なりに一所懸命考えたんだと思う。

そうして出した結論は、警察には出頭するけれど、女の子のことは口が裂けても話さないでおこうってことだった。あんなに優しい子があのような仕事をしていたなんて、余程の事情があるからに違いない。森部さんを殴ったのは、乱暴されそうになったからに違いない。必死で抵抗し、無我夢中で相手を殴ってしまったのだろう。自分に疑いがかかるかもしれないけれど、それは仕方がない。もしかしたら犯人にされてしまって、刑務所に入れられたとしても、あの子が救われるのなら本望だ。これまで一度も人の役に立てなかった自分が、誰かを助けられるチャンスなんて、この先一生ないかもしれない。よし、何があってもあの子を守ってみせる——馬鹿息子は、そう決心した)

　ふうーっと長い息を吐くのが聞こえた。

(だらだらとしゃべっちゃったけど、事件の真相はそういうことだったのよ。ごめんなさいね、うまく話せなくて。結局、馬鹿息子の気紛れが話をややこしくしていただけなの)

(とてもよくわかったわ。そんなことがあったのね。へええ、でも康作さん、いいところあるじゃない)

(泥棒に入った末のことだから、褒められた話じゃないんだけどね)

(その康作さんの思い、女の子に伝わるといいんだけど)

(どうかしらね。それは康作も期待してないと思うけど)

(それであなた、どうするの？　岩本弁護士に話してみる？)

（こんな話、信用してもらえるかしら）

（難しいかもしれないけど、クスノキの力についてなら、私が説明してもいいわよ）

（そうねえ）

また少し沈黙の時間が流れた後、やめておく、と松子がいった。

（康作にとっていいきっかけになるかもしれない。本人もわかってる通り、これまでろくな生き方をしてこなかった。本当に自分を犠牲にできるかどうか、決心を貫けるかどうか、見極めたいと思う）

（だけど、今のままだと強盗致傷で起訴されるかもしれないわよ）

（その時はその時よ。覚悟はしてる）

玲斗は停止スイッチをクリックした。

このやりとりを聞いた時の衝撃は、これから先も忘れることがないだろうと思った。あの佑紀奈がそんなことをしていたとは信じられなかった。信じたくなかった、というほうが正確か。

だが彼女の弟から聞いた話を振り返ると、腑に落ちることがたくさんあった。あの詩集がコンスタントに売れるとは思えなかった。佑紀奈は森部から受け取った金を、詩集が売れたといって家計に回していたのだ。売れたからには詩集は減っていなければならない。おそらくどこかに隠していたのだろう。玲斗が買い取った詩集がそれだ。

久米田の決断が正しいかどうかは玲斗にはわからなかった。道徳という面からいえば、たぶん間違っている。しかし真相を暴けばいいとも思わなかった。ただ、久米田の思いを佑紀奈に伝えたかった。だから代わりに手紙を書いた。あれは偽物だ。久米田が書いたものではない。

どうやらその思いは佑紀奈に伝わったようだ。レターパックで現金が森部のところに届いたことが何よりの証だ。

覆面男に襲われた、という森部の証言は嘘だ。森部にしても、真相が明らかになることは望んでいないのだ。もちろん自らのためだろうが。

これで万事うまくおさまればいいんだけどな——。

だが中里の言葉が気に掛かる。あの刑事は要注意だ。とはいえ、自分に何ができるというわけではない。

とにかく、この証拠だけは隠滅しておかねばならない。玲斗は音声ファイルをパソコンのゴミ箱に移動した。

10

［明日の僕へ］

今日は特別なことが何もない一日だった。午前中、『レジスタンス』を見たけど、やっぱり面白くなかった。第二話で挫折。昨日までの自分の感想に同意。気分のせいなんかではないと思う。

午後一時から病院に行った。

丸い顔の男の人（似顔絵A）は担当医の井上《いのうえ》先生。眼鏡をかけた若い男の人（似顔絵B）は、たぶん研修医。名前は聞いていない。やたらとメモを取っていたけれど、何を書いていたのかはわからない。僕のことを教材として見ているようで嫌だった。

検査とテスト。一時間ぐらい待たされてから結果を聞いた。前回から特に大きな変化はないとのこと。来月もまた来てくださいといわれた。井上先生は口調はやさしいけれど、あまり心がこもってない気がする。まあ、仕方ないかな。

病院からの帰り、新しいスケッチブックと色鉛筆を買った。スケッチブックは本棚の一番下、右端に入れた。色鉛筆は二番目のひきだし。古い色鉛筆はそのまま。

机の上の紙に描きかけになっているのは、病院にいる時に思いついたオリジナル・キャラクター。昆虫から進化した感じ。

戦闘服のデザインで迷っているうちに眠くなってきたので、ここでギブアップ。続きを描く気になったらどうぞ。キャラクターの名前は決めていない。

面倒臭いので、歯を磨かずに寝る。朝、起きた時に口が気持ち悪かったらごめん。

11

小学生の頃、スケートボードに夢中になった。隣に住む高校生のにいちゃんが、新しい板を買ったからといって、使わなくなった板をくれたのだ。

家の押し入れから、そのスケートボードが見つかった。懐かしくなって滑りに出ようとしたら、後ろから母の声が飛んできた。「玲斗っ、宿題は?」

ちぇっ、見つかっちまったか。

「後でやるっ」そう答えて外に出た。

目の前には月郷神社の境内があった。早速滑ろうとしたら、うまく乗れず、ものの見事にひっくり返ってしまった。おかしいな、こんなはずじゃないんだけどな。俺はもっと上手いんだ。もう一度乗り直したが、やはり転び、したたかに背中を打った。

玲斗っ、とまた声が聞こえた。うるせえな、宿題は後でやるといってるじゃないか。

しかし、呼ぶ声は止まらない。れいとっ、れいとっ、と繰り返している。

やがて意識が少しずつはっきりしてきた。ここは境内ではなく布団の中のようだ。そして背中の衝撃は何かで叩かれているからだと気づいた。

目を開けて顔を上げると、千舟がそばに座っていた。その右手に握られているのは竹製の布団叩きだった。

「あ……おはようございます」

「おはようございます、じゃないでしょ。今、何時だと思ってるの？」

「何時って……」玲斗は枕元に置いた目覚まし時計を見た。「まだ九時過ぎじゃないですか。今日は日曜日ですよ」

祈念の予約が入っていない日曜日は、社務所の仕事は休みにしてもらっているのだ。

「九月に入ってから何番目の日曜？」千舟が訊いてきた。

「何番目って……あっ」あわてて布団をはねのけ、上半身を起こした。

「思い出したなら、急いで準備しなさい。朝食は用意してあります」

「はいはい」

「返事は一度っ」

「はーい」

ワンパターンのやりとりを交わし、玲斗は布団から這い出た。

それから約一時間後、玲斗は千舟と共に電車に揺られていた。行き先は隣町にある公民館だ。毎月第二日曜日、そこへ足を運ぶのが最近の習慣になっている。

小さな駅で降り、徒歩で公民館に向かった。

公民館はレンガを模したタイル貼りの比較的新しい建物だ。入り口に、『本日はハッピーカフェの日です』という立て看板が出ている。

ロビーを通り抜け、奥にある小ホールに入った。受付カウンターが作られており、そこで千舟は係の女性に参加費を支払った。ひとり五百円だから二人で千円だ。

ホール内には歓談できるようにテーブルと椅子が並べられている。見渡したところ、すでにいくつかの席が埋まっていた。玲斗が見知っている顔もあった。大半が高齢者だ。

「千舟さん、こっちこっち」丸顔で背の低い老婦人が手招きしている。米村《よねむら》さんといって、おしゃべりが大好きな婆さんだ。隣に付き添っている四十歳ぐらいの女性は、娘さんだと聞いている。

千舟は米村さんのテーブルに向かう。玲斗も後に続いた。

「お久しぶりねえ。元気だった？」米村さんが千舟に訊いた。「あら、そのお洋服、素敵ねえ。どちらでお求めになったのかしら？」最初の質問に対する答えを聞く前に、次の問いかけを発するのは彼女の癖だ。

「前から持っていた服よ」千舟が笑みを浮かべて返している。

若い女性がやってきて、飲み物の希望を尋ねてきた。千舟がコーヒーを所望したので、玲斗も倣った。

「そちらは千舟さんのお孫さん？」米村さんが玲斗を見て尋ねてきた。

「いえ、甥なの」千舟さんが答えた。「妹の息子」

「あら、そうなの。よろしくね。米村です」彼女は玲斗にそういってから、にっこりと笑いかけてきた。「前にも御挨拶してるかもしれないけど、もしそうだったらごめんなさい」

「はい、大丈夫です」玲斗は笑みを返した。米村さんの隣では、娘さんが申し訳なさそうな顔をしている。

米村さんの懸念は当たっていた。挨拶するのは、今日で三度目だ。前回も前々回も、彼女は玲斗のことを千舟の孫かと尋ねてきた。そのたびに今日と全く同じやりとりを交わしたのだった。しかしそのことを指摘する者はいないし、気に掛ける者もいない。ここは、そういうことが許される場だからだ。

認知症カフェなるものの存在を見つけてきたのは千舟だ。症状の軽い認知症の人や、千舟のような軽度認知障害の人たちが、互いの悩みを語り合ったり、情報交換する場だという。最初は千舟が一人で参加していたが、後学のためにあなたも来なさい、と玲斗に命じてきたのだった。

初めて来る前は不安だった。陰気で暗い雰囲気を想像していたからだ。活発な会話が交わされているとは、とても思えなかった。

ところが来てみて驚いた。参加者たちは明るく能弁で、積極的だった。新顔の玲斗にも、どんどん話しかけてくる。とはいえ認知障害の気配を全く感じさせないわけではない。会話が嚙み合わなかったり、同じことを何度も繰り返す人もいる。それでも社会に参加しているという意識が、ふさぎこみがちになっていた彼等を元気づけているのは明らかだった。同じ境遇の仲間と会話することで、孤独感から解放されている気配が、ひしひしと伝わってくるのだ。

だが後で千舟から聞いたところでは、すべての認知症カフェが、こんなふうにうまく機能しているわけではないらしい。活発に話しているのは認知症の当人ではなく付き添っている介護者や家族たちばかり、というカフェも多いという。いうまでもなくそこでの話題は、認知症患者の世話をするのがどんなに大変か、に尽きる。それを横で聞いている当人たちの気持ちなどお構いなしなのだ。

そういう場を、当事者不在のカフェ、と千舟は表現した。そんなところに参加しても楽しいわけがない。いろいろな認知症カフェに参加してみて、一番快適だし自分のためにプラスになると確信できたのがここだったと千舟はいった。

「あなたのためにも役に立つと思ったのです」その時に千舟は玲斗にいった。「将来私の身に起きるかもしれないことを予想し、その準備を進める上で参考になる話を、たくさん教われるでしょうから。もちろん、そんな日が来るのはもっと先であってほしいし、願わくば永遠に来なければいいと思っていますけれど」

この話を聞き、玲斗は胸が痛くなった。彼女は自分が楽しむためだけに認知症カフェを探したのではなかったのだ。一体どれだけの強靭な精神力があれば、これだけ冷静な判断を下せるのだろうか。この伯母には一生頭が上がりそうにない、と改めて思った。

米村さんは三冊の絵本をテーブルに出し、千舟に何やら熱心に話しかけている。聞いてみれば、認知症予防とボランティアを兼ねて、養護施設で絵本の読み聞かせをしているらしい。子供たちと交わっていると脳が刺激されるから、あなたもやってみたらどうか、と千舟を誘っているのだった。それに対し千舟は、声に自信がないし小さな子供は苦手なので、といって断っている。隣で聞きながら、やればいいのに、と玲斗は思った。千舟のハスキーな声が嫌いではなかった。

周りを眺めた。ほかの参加者たちも、めいめいに相手を見つけて会話を楽しんでいるように見えた。数組が集まっているテーブルもあった。

少し離れたところに玲斗の知らない顔があった。この場には似つかわしくない二人組だった。四十歳前後と思われる女性と中学生ぐらいの少年という組み合わせだ。近くに老人はおらず、誰かの付き添いというふうには見えない。

二人と向き合っているのは、ボランティアでカフェを手伝っている上野《うえの》さんという現役看護師の女性だ。中年女性が深刻そうな顔で何やら話しているが、少年は興味がなさそうに隣でスマートフォンを眺めている。色が白く、首が細い。

不意に上野さんが会場内を見回した。その拍子に玲斗と目が合った。すると何か思いついたように席を立ち、近寄ってきた。

「玲斗さん、ちょっといいかしら？」

「何ですか」

「紹介したい人がいるの。初めて参加した方なんだけど、ちょっと複雑な事情があるので、力を貸してほしいのよ」

「あ……俺なんかでよければ」玲斗は飲み物を手に腰を上げた。

上野さんは中年女性と少年のいるテーブルに戻り、ハリュウさん、と呼びかけた。女性が顔を上げた。しかし少年はスマートフォンに目を落としたままだ。耳にイヤホンが入っているから、動画を見ているのかもしれない。

「こちら直井玲斗さん、伯母さんの付き添いで参加しておられる方です。若い男性相手のほうが息子さんも話しやすいんじゃないかと思って」

「そうですか、ありがとうございます。ハリュウといいます。よろしくお願いいたします」

女性は立ち上がり、頭を下げてきた。どうやら少年の母親らしい。

「直井です。こちらこそよろしくお願いします」玲斗も会釈を返した。

モトヤ、と女性が少年に声をかけた。「あなたも御挨拶しなさい」

少年は不機嫌そうに顔を上げたが、玲斗のほうは見ず、ひょいと顎を小さく動かした。

「ちゃんと立って」母親が息子を叱る。

「うるさいなあ」少年が顔を歪めた。「別にいいよ、誰とも話なんかしたくない」

「何いってるの。せっかく参加したのに」

「母さんが勝手に決めたことだろ。こんなところ、来たくなかった。何だよ、年寄りばっかりじゃないか」

「だから上野さんが直井さんを連れてきてくださったんでしょ」

「いいよ、そんなのっ」少年はスマートフォンを指先で操作してから立ち上がると、出口に向かって足早に歩き始めた。

「あっ、待ちなさい、モトヤっ」母親が呼んだが少年は足を止めない。とうとう会場から出ていってしまった。

すみません、と女性は申し訳なさそうな顔を玲斗たちに向けた。「わざわざ直井さんに来ていただいたのに……」

「いや、俺は構わないですけど」

「息子さんを追いかけたほうがいいんじゃないですか」上野さんがいった。

「……そうですね。本当に申し訳ございませんでした」女性はバッグと上着を手にし、急ぎ足で息子を追いかけていった。

彼女の後ろ姿を見送っていると、ごめんなさい、と上野さんが詫びてきた。「玲斗さんに嫌な思いをさせただけだったわね」

「別に嫌な思いなんかしてないです。わけがわかんないだけで」

「そうよねえ」

上野さんは、先程の女性が出ていったことを確認するように出口のほうを見た後、「来るところを間違えちゃったみたいなのよ」と声をひそめていった。

「間違えたって？」

「あの男の子、脳腫瘍らしいの」

「えっ……」

「半年ぐらい前に摘出手術を受けたけど、すべてを取り除けてはいないみたい。だから継続的に治療を受けているんだって」

「それはかわいそうですね。あの若さで」

「で、肝心の話はここからなんだけど、手術後から記憶障害が出るようになったそうなの。うっかり忘れるというレベルじゃなくて、最近の記憶がすっぽり抜け落ちるんだって。それが日に日にひどくなっていって、今では今日の出来事を明日まで覚えていられないほどだとか。手術を受ける前のことは、全部しっかりと覚えているそうなんだけど」

そういうことか、と玲斗は合点した。

「昔のことはよく覚えているけれど短期記憶が失われやすい、というのはアルツハイマー型の認知障害でも典型的な症状ですもんね。うちの伯母もそうで、大事な出来事や用件は、こまめに手帳に書き留めています」

だが上野さんは力のない笑みを浮かべて首を横に振った。

「失われやすいんじゃなくて、あの子の場合、必ず失われるそうなの。今日、こうしてここで私たちと会ったことも、おそらく明日には全部忘れてるだろうって。眠ったらリセットされるんですってお母さんがいってた」

「眠ったら?」

「ひとたび眠ったら、それまでの記憶は殆ど消えちゃうそうよ。会った人の顔とか、行った場所の光景なんかは、おぼろげに記憶に残っているんだけど、その顔の人物がどこの誰なのかとか、その場所がどこで、そこで何があったのかなんてことは、すっかり忘れているらしいの。忘れないためには眠らないでいるしかないんだけど、永遠に眠らないなんてことは不可能だものね」

玲斗は思わず瞬きを繰り返した。「そんな症状があるなんて……」

「あの子、スマホで動画を見てたでしょ?」

「そうでしたね」

「今までに何度も見ているアニメなんだけど、朝起きたら内容を全部忘れてるから、また最初から見るんだって」

玲斗は感想を述べる言葉が思いつかず、黙り込んだ。そんな状況に置かれたら、自分はどんな気がするだろうか。少年の心境をまるで想像できなかった。

「私も仕事柄、脳腫瘍の患者さんは何人も知っているけれど、そこまで極端な記憶障害は聞いたことがなくって。中学二年だそうだけど、学校も病気を理由に長期欠席しているらしいの。いくら勉強しても明日まで覚えていられないんじゃ意味がないって本人がいうそうよ。でも、たしかにその通りよね」

「それで、ここへは何のために?」

玲斗の問いに上野さんは、ふっと力なく息を吐いた。

「そんな状態だから、部屋に閉じこもりきりで、人との繋がりが全くなくなっちゃったんだって。このままじゃいけないと思って、お母さんがいろいろと調べて、同じような悩みを抱えている人たちとなら話が合うんじゃないかと思って、ここへの参加を決めたそうなの。このカフェはサイトでは、脳に障害のある人たちの情報交換の場となっていて、認知症カフェとは謳ってないからね」

「なるほど。それで、来るところを間違えたってことになるわけか」

「本当は間違えてなくて、ああいう子もどんどん参加してくれたらいいと思うんだけど、本人の気持ちを考えたら無理強いはできないしね」上野さんは小さく肩をすぼめた。

「じゃあ、もう来ないかな」

「たぶんね」

「ハリュウさんといってましたね。珍しい名字だけど、どんな字を書くのかな」

「針と糸の針に、生きるって書くそうよ」そういいながら上野さんは空中に指先で書いた。

母親の名前は冴子《さえこ》で、息子の名前は元哉らしい。玲斗は一応記憶に留めたが、おそらく二度と会うことはないだろうな、と思った。

12

［明日の僕へ］
今日はお母さんに連れられて公民館へ行った。そこでは脳に病気を持った人たちが集まって、いろいろと話をするということだった。
あまり行きたくなかったけれど、もし僕と同じような子がいたら話をしたいと思い、行ってみた。
でもそこは思ったところとは全然違った。認知症のおじいさんやおばあさんが集まって、お茶を飲んだり、おしゃべりするだけの場所だった。

もうあんなところへは二度と行かないほうがいい。行っても後悔するだけだから、お母さんに誘われても断ったほうがいい。

それ以外は何もない一日だった。『バッド・バッチ』はシーズン2の第三話まで見た。昨日の日記によれば第六話から面白くなるらしいけど、眠気には勝てず。それより、やっぱり『レジスタンス』が気になる。過去の僕は面白くないと結論づけているけど、本当だろうか。でも、もう今日は時間がない。今日の僕はここまで。明日のことは、明日の僕に任せます。

おやすみなさい。

13

玲斗の予想は外れた。もう二度と針生親子に会うことはないだろうと思っていたが、『ハッピーカフェの日』から十日後の昼間、針生元哉と再会したのだ。場所は三鷹市にある大学病院だ。千舟の定期検査に付き添って、脳神経外科の待合室にいたら、元哉が隅の席でぽつんと座っていた。周りを見たが、母親の姿はない。

元哉はスマートフォンを見てはいなかった。代わりに膝の上でスケッチブックを広げていた。右手に持った鉛筆を動かしている。何かを描いているようだ。

千舟は主治医による検査テストを受けている最中だった。玲斗は腰を上げ、元哉に近づいていった。声をかける前にスケッチブックを見て、ぎょっとした。描かれているのは、異形のマスクをつけ、ボロ布を纏った人物だった。鉛筆描きとは思えないほどに精緻な上、立体的でリアルな質感もあった。

人影に気づいたらしく、元哉が顔を上げた。玲斗を見て、怪訝そうに眉をひそめた。

こんにちは、と玲斗は笑いかけた。

だが元哉は顔を強張らせるとスケッチブックを閉じ、傍らに置いてあったバックパックを抱えて立ち上がった。玲斗に背中を向け、逃げるように歩きだした。

自分がミスを犯したことに玲斗は気づいた。あわてて追いかけ、ごめん、と謝った。

「俺のことは覚えてないんだよね」

少年は足を止めた。おそるおそるといった感じで振り返る。

「十日前に会ってるんだ。公民館に行った時のこと、お母さんから聞いてないかな」

元哉は不快そうに眉をひそめて首を振った。玲斗は今の問いかけが失敗だったことを悟った。上野さんの話が事実なら、たとえ母親から聞かされていたとしても、今日聞いていなければ彼の記憶には残っていないのだ。

少年の状況は想像以上に過酷だと改めて理解し、玲斗は愕然とした。声をかけたことを後悔する気持ちがよぎった。

その直後だ。「どうしたの?」と背後から女性の声が聞こえた。玲斗が振り向くと、針生冴子が歩み寄ってくるところだった。彼女は玲斗を見て、あっ、と足を止めた。

こんにちは、と玲斗は挨拶をした。「先日は、どうも」

「直井さん……でしたよね」

「はい、直井玲斗です」

「あの時は本当に申し訳ありませんでした」冴子が頭を下げてきた。

「謝らないでください。上野さんから事情を聞きました。元哉君が嫌がったのも無理ないと思います。今も急に声をかけて驚かせちゃったみたいで……」

「そうでしたか」冴子は立ったままで俯いている息子に近づいた。「直井さん、という方よ。元哉と仲良くしようとしてくださったことがあるの。お顔は記憶にあるんじゃない？　御挨拶だけでもしてちょうだい」

するとと元哉はゆっくりと顔を上げ、こんにちは、といった。前回と比べ、素直だ。弱々しいと表現したほうが適切か。

「針生元哉君だね。よろしく」

しかし元哉の表情は硬いままだ。何か話さねば、と玲斗は焦った。頭に思い浮かんだのは、さっき見たスケッチブックの絵だ。

「サンド・ピープルだね」

玲斗がいうと元哉が反応を示した。少し目を見開いたのだ。

その絵、といって玲斗は少年が持っているスケッチブックを指した。「『スター・ウォーズ』に出てくるサンド・ピープルだよね？」

元哉は頬の肉を少し動かしてから唇を開き、タスケン、とかすれた声でいった。「タスケン・レイダー」

「正確にいえば、そうだね」玲斗は笑みを作った。「サンド・ピープルは通称で、正しくはタスケン・レイダー。惑星タトゥイーンに住む野蛮な種族だ」

「野蛮じゃない」元哉は反抗的な目で否定した。「ボバ・フェットを助けた」

思いがけず話に食いついてきた。このチャンスを生かさない手はない。

「だけどアナキンのお母さんを誘拐して拷問し、結局死なせた」

「あれはパルパティーンの謀略だ。タスケンがシミを拷問する理由なんてなかった」元哉はむきになって反論してきた。

「よく知ってるなあ」玲斗は心底感心していった。「『スター・ウォーズ』が好きなの？」

元哉が小さく顎を引いた。「子供の頃から、いっぱい見せられたから」

「へえ。誰に？」

すると元哉は口をつぐみ、視線を落とした。

父親です、と冴子がいった。「夫が『スター・ウォーズ』のマニアで、ソフトをすべて持っていました。配信された関連番組もよく見ていました」

彼女が過去形で話したのが気になった。

「そのお父さんというのは、今は……」

「別の場所で暮らしています」冴子は口元を緩めた。「二年前に離婚したんです」

「あ、そうなんですか」

せっかく元哉と話が盛り上がりかけていたのに、よくない方向に話題が変わってしまい、玲斗は焦った。何とか挽回しなければと思った時、元哉がスケッチブックを開いた。

「これ、何だか知ってる?」

そこに描かれているのは細長い顔と身体を持つロボットだった。『スター・ウォーズ』ではロボットのことをドロイドと呼ぶ。

「見たことがある。『マンダロリアン』に出てきた賞金稼ぎドロイドだ。名前はIG－11だったかな」

玲斗の回答に対し、ブー、と元哉が嬉しそうにいった。

「正解はIG－88。『スター・ウォーズ　帝国の逆襲』でボバ・フェットと一緒に登場している」

「そんなのいたっけ?」

「一瞬しか出てこないけどね。IG－11のほうが武器を扱いやすいように腕が改良されているんだ」元哉は自分が描いたイラストを見せながら、細かい説明を始めた。その表情は生き生きとしている。

「そうだったのか。初めて知ったよ」

「知らないのがふつうだよ。でも――」元哉は玲斗を見て、躊躇いがちに続けた。「直井さんも結構詳しいね」

「母親が好きでね、中古のソフトを知り合いから貰ってきて、よく見てた。その影響で俺も、わりと追っかけた。だけどエピソード7以降は駄作だと思う」

ははは、と元哉が笑った。作り笑いではない、本物の笑いに見えた。

「配信番組は全部チェックした?」元哉が訊いてきた。「アニメの『クローン・ウォーズ』とか『反乱者たち』とか」

「いや、そういうのは見てないな。アニメは興味ないから」

「だめだよ、それは」元哉が口を尖らせた。「『クローン・ウォーズ』と『反乱者たち』には、『スター・ウォーズ』の知られざる重要な要素がいっぱい詰まってるんだ。フォースとは何か、とか。あれを見てないんじゃマニアとはいえないな」

「そうなのか。それは、ごめんなさい」

マニアだといった覚えはなかったが、玲斗は謝った。

元哉がスケッチブックの違うページを開き、玲斗に見せた。「これは何だかわかる?」

そこに描かれているのは、全く見覚えのないキャラクターだった。頭部は昆虫のようだが、戦闘服を着た身体は人間に近い。玲斗は首を振った。「わからない。知らないキャラクターだ」

元哉は満足そうに頬を緩めた。

「そりゃそうだよ。だって僕が考えたキャラクターだからね」

「そうなのか。よく描けてるなあ」

「十年早く生まれてたらなあって思う。アメリカに行って、『スター・ウォーズ』の制作に参加してた」

「いいじゃないか。今から目指しても」

元哉の表情から輝きが消えた。ゆらゆらと頭を振り、いいよ、といった。

「そういう話はいらない。聞きたくない」

玲斗は、またしても自分が失敗してしまったことに気づいた。安易で凡庸な慰めは少年の心を傷つけるだけだ。

元哉がスケッチブックをバックパックにしまい始めた。

気まずい空気が漂いかけた時、玲斗、と後ろから呼ぶ声が聞こえた。千舟だった。助かった、と思った。

「知り合いの方？」千舟が訊いてきた。

「話したでしょ。前回の『ハッピーカフェ』でお会いした針生さんです」

千舟は視線をさまよわせた後、かぶりを振った。「ごめんなさい。覚えてないわ」

「そうか。仕方ないですね」

お母さん、と元哉がいった。「帰ろう」

「そうね。——あの、直井さん、連絡先を教えていただけます?」

「いいですよ」玲斗は財布から名刺を出し、彼女に渡した。

「月郷神社……クスノキのあるところですね」名刺を見て、冴子がいった。

「御存じですか」

「ずいぶん前に行ったことがあります。あそこで働いておられるんですね」

「はい。毎日いますから、いつでも遊びに来てください」

「そうですか。機会があれば是非」

お母さん、と再び元哉が急かすように声をかけてきた。

「わかってる。——では直井さん、またよろしくお願いいたします」

こちらこそ、と応じてから玲斗は元哉に視線を移した。「ありがとう。楽しかった」

少年は小さく頷いた。その顔には、ほんの少し明るさが戻ったように見えた。

隣を見ると千舟が手帳を開いていていた。

「眠ったら記憶が消えてしまう少年、というのが今の子ね」

どうやらきちんとメモしてあったらしい。そうです、と玲斗は答えた。

「あんなに若いのにかわいそうね。でも、もっと辛いのはお母さんのほうじゃないかしら。あの子が生きる気力をなくさないようにするのは大変だと思うから」

玲斗は千舟の言葉を聞き、はっとした。彼女自身が日々、その気力を振り絞っていると知っているからだ。

話題を変えることにした。「ところで検査の結果はどうでしたか」

千舟は小さく頷いた。

「まずまず、というところでした。前回より良くはないけれど、さほど悪くもない。そういう感じです。今の薬を続けていきましょう、といわれました」バッグからボイスレコーダーを出してきた。「信用できないのなら自分の耳で確かめなさい」

「ほかにはどんなことを?」

「社会との関わりを増やしなさいとのことでした。そういわれても、クスノキ祈念者の面談はしているし、認知症カフェには通っているし、これ以上何をすればいいのやら」

「あれはどうですか。絵本の読み聞かせ。米村さんから勧められてたじゃないですか」

「子供たちの前で朗読を? そんな柄じゃありませんよ」千舟は顔をしかめると、ボイスレコーダーを握りしめたまま歩き始めた。

14

［明日の僕へ］

今日、病院の待合室でタスケンの絵を描いていたら、知らない男の人から声をかけられた。公民館で会ったといわれたけど、何のことかさっぱりわからなかった。

十日前の日記を読んだら、公民館に行ったことが書いてあった。つまらなくて、二度と行かないほうがいいと思ったそうだ。あの男の人のことは書いてなかった。

直井さんという人だ。『スター・ウォーズ』のことにわりとくわしくて、IG－88は知らなかったけど、IG－11は知ってた。タスケン・レイダーがアナキンの母親をさらって死なせたことも知ってた。残念なのはアニメシリーズを見ていないことで、たぶんアソーカやエズラ・ブリッジャーなんかは知らないと思う。

久しぶりに『スター・ウォーズ』の話ができてうれしかった。病気になる前でも、友達と話したことなんか全然なかったから。みんな、『スター・ウォーズ』なんかよく知らないという。

直井さんはエピソード7以降は駄作だといってた。きっと本当に『スター・ウォーズ』が好きなんだ。そして、きっといい人だ。もし、明日の僕が会いに行ったとしても、絶対に後悔しないと思う。

15

針生冴子から電話があったのは、病院での再会から三日後の土曜日だった。今日これから息子を月郷神社に行かせてもいいか、と訊くのだった。もちろん構わない、と玲斗は答えた。

「でも元哉君、俺のことは覚えてないんですよね」

「記憶はないと思います。だけど、直井さんという人に会いたいというんです」

「俺について何か話したんですか」

「私は何も話していません。日記を見て、そう思ったみたいです」

「日記を書いてるんですね」

「記憶障害が出始めた頃から、その日にあったことを書いているようです。だからあの日、病院で直井さんと会って、『スター・ウォーズ』の話ができたことも書いてあるはずです。それを読み返しているうちに、もう一度お会いしたくなったのだと思います」

「そういうことですか」

「だから、あの、お忙しいところ本当に申し訳ないんですけど、息子がそちらに行きましたら、三十分で結構ですから話し相手になっていただけないでしょうか」

「わかりました。三十分といわず、一時間でも二時間でもお相手します。お母さんはいらっしゃらないんですか」

「はい。ひとりで行くといっております。母親がそばにいると鬱陶しいんでしょう」

中学二年ならそうだろう。お待ちしています、といって電話を切った。

それから約一時間後、玲斗が境内の草むしりをしていたら元哉が現れた。玲斗に気づくと手に持ったスマートフォンと見比べながら近づいてきた。

「直井さん……ですよね？」おずおずと尋ねてきた。

そう、と玲斗は頷いた。「スマホで何を見てるの？」

元哉は意味ありげに笑い、首を横に振った。「内緒」

「どうして？　見せてよ」

「だって、似顔絵だから」

思いがけない答えに玲斗は目を見開いた。「俺の？」

「そう」

「それは、ますます見たくなった」

「いやあ、恥ずかしいな」

「いいじゃんか。ちょっとだけ」

元哉は困ったように眉尻を下げたが、不快そうではなかった。じゃあ、といってスマートフォンの画面を玲斗のほうに向けた。

そこに映し出されている絵を見て、玲斗は思わず苦笑いした。細い顎に少し垂れた目、上を向いた鼻、まさに自分の顔だと思えたからだ。単純な線だけで、よくこれだけ特徴を捉えるものだと感心した。絵の下に、『直井玲斗さん』と書いてあった。

「上手いもんだねえ。いつ描いたの?」

「前に会った日の夜。もう一度会うかもしれない人のことは似顔絵にするんです」

「へえ、記憶だけでそこまで似せられるなんてすごいな」

「僕の場合、どんなことも映像として記憶に残るんです。人の名前なんか、音で聞いただけだとすぐに忘れてしまうけど、文字で覚えたら忘れない。だから人の顔もはっきりと覚えています。今日の出来事も、全部映像として記憶に残るはずです」少し誇らしげにいってから元哉は続けた。「ただし眠るまで。眠って目が覚めた時には殆ど消えてる。会った人の顔とかは画像として残っているけど、それが誰で、どんなやりとりを交わしたかは全部忘れちゃってます。だから似顔絵と名前を書いておくんです。そうすれば記憶に残っている顔の人物が誰なのか、日記と照らし合わせればわかるから」

「なるほどね。それはそれで大したもんだ」口に出してから、これも失言だったか、と玲斗は不安になった。

だが元哉は不愉快な顔はせず、ありがとう、といった。玲斗は胸を撫で下ろした。

「社務所に入ろう。飲み物は何がいい？　コーラとウーロン茶がある」

「じゃあ、コーラ」

「オーケー」

社務所に入り、玲斗はコーラのペットボトルを冷蔵庫から出した。

「日記によると、直井さんはエピソード7以降は駄作だといってたみたいですね。じゃあ、1から6までで一番好きなのはどれですか」元哉が尋ねてきた。早速『スター・ウォーズ』の話だ。

「そりゃ、断然エピソード5かな」

「『帝国の逆襲』か。ふつうだなあ。僕はエピソード3、『シスの復讐』。オビ＝ワンとアナキンの死闘は、『スター・ウォーズ』史上最高だと思う」大好きな映画の話になったせいか、途端に元哉の口調がくだけた。

「たしかに迫力はあった」

「一番好きなキャラクターは？」

「ええと、やっぱりハン・ソロかな」

「またまた、超ふつう」元哉は、のけぞってみせた。「僕は断然、アソーカ・タノ」

ああ、と玲斗は嘆息した。「そのキャラクターについては、よく知らない」

「『クローン・ウォーズ』を見てないからだ」元哉は断言した。「一度見たらいいよ。絶対に気に入るから」

「先日も君にそういわれた。配信のアニメシリーズらしいね。この次に会うまでには見ておくよ」

「それがいいと思う。ただし全部見るのは、なかなか大変だろうけどね。何しろ百三十話以上あるから」

「百三十？　マジかよ」

「続編の『反乱者たち』も七十話ぐらいある。当分楽しめるね」

「合わせて二百か。たしかに、しばらくは暇つぶしに困らなそうだ」

「じつはアニメシリーズは、もう一つあるんだ。『レジスタンス』というもので、エピソード7の六か月前という設定なんだ。登場人物も共通している」

「エピソード7のスピンオフ？　それは惹かれないな」玲斗は口元を歪めてみせた。

　正解、といって元哉も顔をしかめた。

「全然面白くない。大抵、第二話ぐらいで飽きる。日記によれば、過去に僕は何度か最後まで見ようとしたけど、結局挫折してる。そんなはずはないと思って、じつは今朝もちょっと見たんだけど、やっぱりつまんなかった。心から残念だと思う。もし面白いのなら、今後永久に楽しめたはずなんだ。何しろ次の日にはストーリーを全部忘れてるからね」

　元哉の自虐的なジョークを玲斗は複雑な思いで聞いた。だがここでは黙って笑っておくことにした。

その後も『スター・ウォーズ』に関連する話で盛り上がった。玲斗には全くついていけないコアな蘊蓄も多かったが、話している元哉は楽しそうだった。

一杯目のコーラが空になったタイミングで、玲斗はとっておきのおやつを出した。フルーツゼリーだった。

それを食べ、美味しい、と元哉はいった。

「洋菓子店じゃなくて、『たくみや本舗』っていう和菓子屋のゼリーなんだ。知り合いがそこで働いていて、この前、土産に持ってきてくれた。いつもならすぐに食っちゃうところだったけど、残しておいてよかった」

「ふうん、和菓子屋か……。そこに大福はあるのかな」

「大福？　たぶんあると思うけど、大福が好きなの？」

「好きっていうか、もう一度食べてみたい大福があるんだ。昔、近所の和菓子屋で売っていて、よく食べに行った。どこかから仕入れてるんじゃなく、その店で手作りしてるって聞いた。ちょっと変わってて、大福の中に梅が入ってるんだ。似たような商品はほかの店でも売ってるから取り寄せてみたんだけど、食べたら全然味が違うんだよね。何が違うのか、うまくいえないけど違うんだ。あれを死ぬまでに、もう一度食べたい」

「死ぬまでにって、ずいぶん大げさだな。そんなに気に入ってるのなら、買いに行けばいいじゃないか。近所なんだろ？」

「昔住んでた家の近所で、今住んでるところからは遠いんだ。それでも一度、電車に乗って食べに行ってみた。そうしたらその店、つぶれてた。経営してた夫婦はどっちもかなりの歳だったから、亡くなったのかもしれない」

「そういうことか……。何という和菓子屋？」

「それがよく覚えてないんだ。店の名前なんて気にしなかったし」

近所の店だとそういうものかもしれない。

「昔の家の住所は覚えてる？」

「それなら覚えてる」元哉は、すらすらと住所を述べた。東京都江東区だった。「住所を知って、どうすんの？」

「知り合いが和菓子屋にいるといっただろ。調べてもらおうと思ってさ。系列店とか、あるかもしれない」

「あればいいけどなあ」そういってから、あっ、と元哉が声を発した。「この話、うちのお母さんには内緒にしておいて」

「どうして？」

「昔住んでた家っていうのは、両親が離婚するまで住んでた家なんだ。だからほら、微妙に気まずいでしょ？」

「ああ、なるほど……。わかった」

元哉はゼリーを口に入れ、首を傾げた。

「男っていうのはさ、どうして浮気するんだろうね」

コーラを飲みかけていた玲斗は、むせそうになった。「何だよ、急に」

「結婚して子供もできて、せっかく築き上げた家庭をどうして壊すようなことをするかなあ。理解できないよ」

「それ、もしかしてお父さんのこと?」

元哉は小さく頷いた。そうかあ、といって玲斗は息を吐いた。

「お父さんとは会ってるの?」

「一か月に一度ぐらいの割合で会ってる……みたい」

「みたいって?」

「手術して以後は、会った日のことを覚えてないから」

「後で日記に書かないのか」

「書いてない。だからたぶん、あまり楽しくないんだと思う」

楽しかったのなら書き残しておくはず、といいたいようだ。

ごめん、と元哉が謝った。「こんな話、つまんないよね。もうやめる」

「ゼリー、もっと食べなよ」

「ありがとう」元哉は新しいゼリーに手を伸ばしながら、「それは何?」と訊いた。

彼の視線の先にあるのは、『おーい、クスノキ』の小冊子だった。何十冊かを重ねて置いてある。

「ああ、これね」玲斗は一冊を取り、元哉の前に置いた。「詩集だよ。近くに住む女子高生の作品だ。一冊二百円で売ろうとしたけど、売れるわけないよな。だからうちでまとめて買い取って、欲しい人に無料で配ってる」

へえ、といって元哉は詩集の表紙を眺めている。そこにはクスノキのイラストが描かれている。作者の早川佑紀奈によるものだ。

「君と違って絵は上手くないけど、許してやってくれ」

「そんなことは思ってない」元哉は徐にページを開いた。文字を追っているのが目の動きでわかる。その表情を見るかぎり、退屈しているわけではなさそうだ。

最後のページを読み終えると元哉は腕組みをした。何かを考えているらしく、黙り込んでいる。

「どうした? その詩集、つまらなかったかな」

「そんなことないよ」元哉は手を振った。「どれもいい詩だと思った。頭の中に、いろいろなイメージが浮かんでくる。それを絵に描いたとしたらどんなふうになるか、考えてたんだ」

「絵に？」

たとえば、といって元哉はバックパックからスケッチブックを出し、机の上で開いた。さらに鉛筆を手にすると、さらさらと何かを描き始めた。やがて鉛筆を置き、スケッチブックを玲斗のほうに向けた。

そこに描かれているのは大小二つの人影だった。大きいほうは髪の長い女性で、ゆったりとした衣装を纏い、両手を広げている。その前には痩せた少年がいて、大きな女性を見上げている。

「もしかしてこの女性はクスノキ？」

ピンポーン、と元哉は嬉しそうにいった。「よくわかったね」

「何となく、そんな気がした」

「『おーい、クスノキ』の詩を読んだ瞬間に閃いた。このクスノキは女神なんだって。何百年間も人々の営みを見守っている」

「女神ねえ……」

玲斗は月郷神社のクスノキを思い浮かべた。元哉のように考えたことは一度もなかったが、そういわれればそんな気がしてきた。そうか、あの木は女神なのか——。

「その絵、もらってもいいかな」玲斗は訊いた。

「いいけど、どうするの？」

「詩集の作者に見せてやりたいと思ってね。時々ここへ来るからさ」

「だったら、ちょっと待って。もう少しきちんと仕上げる。それに色もつけたい」元哉はバックパックから色鉛筆のケースを出してきた。

「いつもそんなものを持ち歩いてるの？」

「ぱっとイメージが湧いた時、すぐに描きたいからね」答えながらも元哉の手は止まらない。心底、絵を描くのが好きなのだろう。

間もなく出来上がった絵に、玲斗は目を見張った。女神の衣装は濃緑色で、ドレープが複雑な曲線を描いている。その顔に浮かんだ微笑みからは慈悲の念が感じられた。

「大したもんだなあ」

元哉はポケットからスマートフォンを出し、絵を撮影した。さらに、そのページを丁寧に剝がすと、はい、といって差し出してきた。

「本当は、もっと時間をかけて、完璧なものにしたいんだけど」

「これで十分だよ」玲斗は絵を受け取った。「作者の女の子も喜ぶと思う」

「もし気に入ってもらえないようなら捨てちゃって」

「そんなことしないよ。詩集、よかったら持って帰って」

「そうする。ありがとう」元哉はスケッチブックや色鉛筆と一緒に詩集もバックパックにしまい、スマートフォンを見た。「もうこんな時間だ。仕事の邪魔をしちゃったね」

「大丈夫だ。もっとゆっくりしていけばいい」

「今日はこれぐらいにしておく。あいつが遊びに来たら仕事にならない、なんて思われると困るから」元哉はバックパックを背負った。「また来てもいいかな？」

「だめなわけないだろ」

元哉は少し迷いの表情を見せてから口を開いた。

「水曜日の日記に書いてあった。直井さんはいい人だから、会いに行っても絶対後悔しないだろうって。今夜はこう書くよ。やっぱりいい人だった、また会いに行こう」

「プレッシャーかけないでくれ」

玲斗が苦笑すると、元哉は楽しそうに笑った。

境内を通り抜けて帰っていく元哉を玲斗は社務所の前で見送った。

夜、夕食を摂っていたら針生冴子から電話がかかってきた。

「今日は息子のためにお時間を割いてくださって、本当にありがとうございました。すごく楽しかった、と元哉はいっておりました。『スター・ウォーズ』について、あんなにいっぱい誰かと話したことはないって」

「それならよかった。俺も楽しかったです」

「そういっていただけると安心します。またお邪魔させても構わないでしょうか？」

「もちろんです。いつでも御遠慮なく」

「ありがとうございます」冴子はもう一度礼をいった。

電話を終え、食事を再開しようとしたら、千舟がじっと見ていた。

「何か？」

「あなたが他人様からお礼の電話を受け取るなんてね。時の流れを感じます」

「俺だって悪いことばっかりしてたわけじゃないっすよ」

「わかっています。悪いこともしていた、ですね」

「参っちゃうな」玲斗は箸を取り、改めて千舟の顔を眺めた。同時に元哉が描いた絵を思い浮かべていた。

あのクスノキの女神は、どことなく千舟に似ていると思った。

16

「それは梅大福というやつだ」

大場壮貴《おおばそうき》は足を組み替え、ビールの入ったグラスを傾けた。スーツの上着は早々に脱いでいて、ネクタイも緩めている。

「青梅の甘露煮ってわかるか？　梅をじっくりと煮詰めて砂糖で味付けしたものだ。それを大福の餡の中に入れてある。いくつかの和菓子屋から発売されてるはずだ。うちでは扱ってないけどな」

「店の手作りだといってた」

玲斗の言葉に、壮貴は興味がなさそうに冷めた表情で口を開く。

「作るのは、そんなに難しくない。素人でも作れる。それだけに味は千差万別だ」

「やっぱり詳しいなあ」レモンサワーを手に玲斗は壮貴の顔を見つめた。「さすがは『たくみや本舗』の跡取り息子だ」

壮貴はげんなりしたような顔をして、手で追い払うしぐさをした。

「やめてくれ。この程度のことで詳しいといわれるほうが屈辱的だ。それに跡取りと決まったわけじゃない。今は単なる平社員だ。菓子作りのイロハを修業する傍ら、営業と販売の見習いをやらされている」そういって焼き鳥の肉をかじり、串から引き抜いた。

二人で駅前商店街にある居酒屋に来ていた。元哉がいっていた大福が気になったので、壮貴に相談しようと思い、玲斗から誘ったのだ。

壮貴とはクスノキの祈念を通じて知り合った。それ以来、たまに会ってこうして飲むことがある。前回は壮貴がふらりと神社にやってきた。その時、例のフルーツゼリーを持ってきてくれたのだった。

「心当たりないかな、その和菓子屋に」

玲斗の問いに壮貴は、ふんと鼻を鳴らした。

「日本に和菓子屋がいくつあると思ってるんだ。しかも小さい店なんだろ。ネットで調べてみたのか」

「住所と和菓子屋で検索したけど見つからなかった」

「住所、いってくれ」壮貴は上着のポケットからスマートフォンを出した。「和菓子屋じゃなく、梅大福で検索してみる」

玲斗がいうと壮貴は素早くスマートフォンを操作した。さらに何度か指を動かしている。あれこれ調べているようだ。

「おっと、もしかしたらこれじゃないか」壮貴が目を見開いた。

「何か見つかった？」

「ちょっと待ってくれ、確認してみる。……うん、やっぱりそうだな。たぶん間違いない。店についてブログに書いている人がいた」

「何という和菓子屋？」

「和菓子屋じゃない。アマミドコロだ」

「アマミ……なに、それ？」

「知らないのか。こういう字を書く」壮貴はスマートフォンの画面を玲斗のほうに向け、文字を指差した。そこには『甘味処やまだ』とあった。

「それ、カンミドコロって読むんじゃないのか」

「甘味料というのがあるから、そう読む人のほうが多いよな。昔は俺もそう読んでたから偉そうなことはいえないけど、正しくはアマミドコロだ。まあ、そんなことはどうでもいい。このブログによれば、『甘味処やまだ』は四年ぐらい前に店じまいしたようだ。店主死去のため、とある。手作りの和菓子が売りで、その一つに梅大福があったらしい。残念ながら、このブログ主は食べたことがないのか、美味しかったとも不味かったとも書いていない」

「そういえば元哉君、食べに行った、といってたな。買いに行った、じゃなくて。甘味処だから、店で食べたんだ」

「だったら、もっと早く気づけよ。とにかくこれで解決だな」壮貴はスマートフォンをテーブルに置いた。

「で、どうしたらいいかな」

「何が？」

「何とかして食べさせてやりたいんだ。その思い出の大福……梅大福だっけ。それを元哉君に」

「そんなことといったって、店がなくなっちまってるんだぜ。店主も死んでる。どうしようもねえよ」

「そこを何とかできないかな。たとえば元哉君の話を聞いて、味を再現してみるとか」玲斗は上目遣いに壮貴を見た。

「再現？　ちょっと訊くけど、それを誰がやるんだ？　まさか俺に頼んでるんじゃないだろうな。いっておくが、作業場を自由に使わせてもらえる身分じゃない」

「そこを何とかっ」玲斗は片目をつぶり、手を合わせた。

「だめだ、だめだ。そもそもおまえはわかってない。味の再現ってのは、そんなに簡単なことじゃない。詳しいレシピがあるとか、作り手自身が味を覚えてて、それを再現するというのなら何とかなるかもしれない。だけど他人の記憶にしかない味の再現なんて、どうやったらできるんだ？　たとえばその子に味見させてみたら、もう少し塩気をきかせてほしいとか、餡の香りが足りないとか、梅の煮詰めが不十分とかいってくれるのか？　そんなの無理だろ？」

　鋭い指摘に玲斗は、うーん、と唸るしかない。

「似たような大福を取り寄せて食べてみたけど味が全然違った、でも何が違うのかはうまくいえない、といってたな」

「そらみろ。それでどうしろっていうんだ」

「壮貴さんがいってることはわかるよ」玲斗は頷き、レモンサワーを飲み干した。「だけど、何とかしてやれないかなと思っちゃうんだよな」

「どうしてそんなものに拘るんだ。たかが大福だろ？　この世には、もっとうまいものがたくさんある。それを教えてやったらいいじゃないか。甘いものが好きなら、うちの商品を提供したっていいぜ。お勧めの品ならいくつもある」

「いっただろ。その子は眠ったら、その日の出来事を全部忘れてしまう。どんなに美味しいものを食べても思い出としては残らない。彼にとっての思い出の味は、もう新しくは増えないんだ。だったら、せめて記憶に残っているものを味わわせてやりたいじゃないか」

壮貴はビールのグラスを手にし、あきれたように肩をすくめた。

「身内でもない人間のことをそこまで考えるとは、おまえってやつは相変わらずお人好しだな。まあ、そこがいいところではあるんだけど」

いやあ、と玲斗は頭に手をやった。「そんなことをいわれたら照れるな」

「褒めてるんじゃなくて、けなしてるんだよ」壮貴はビールを飲み、手の甲で口元を拭った。

「いつか誰かに寝首をかかれても知らないからな」

「俺にそんなことをして得する人間なんていないよ」

店員が通りかかったので、玲斗は芋焼酎のお湯割りを注文した。

壮貴は焼き鳥を口元に運びかけて、その手を止めた。

「ところで月郷神社の付近、まだ警察がうろついてるみたいだな」

玲斗はぎくりとした。「何かあった？」

「この前俺が神社に行った帰り、知らない男に声をかけられた。この神社の関係者ですかって訊いてきた。どうやら俺が社務所から出るところを見ていたらしい。社務所の管理人が知り合いだといったら、警察手帳を出してきて、名前とか職業を質問された。おまえとの関係も訊かれた。例の強盗事件の絡みだと思うけど、前におまえから聞いた話だと、久米田っていうおっさんはプロレスのマスクを盗んだだけで、被害者を殴ってカネを盗んだやつは別にいるってことだったよな。それなのに、なんでまだ神社の近くを警察がうろちょろしてるんだ？」

そのことか、と玲斗は少し焦った。最近、参拝者の中に見かけない顔ぶれが増えたので、もしかすると警察ではないかという気はしていた。

「久米田の話を信用してないのかもしれない」

「それにしたって、月郷神社は関係ないだろ？　社務所を訪ねてきただけの人間に職務質問なんて、どうかしてると思わないか」

「知らないよ、警察が何を考えてるのかなんて。連中には連中の思惑ってものがあるんじゃないの」

「何なんだ一体。どういうことなのかな」壮貴は首を捻り、ビールを飲んだ。

玲斗は内心冷や汗をかいていた。事件の概要は壮貴に話したが、真相は明かしていないのだ。

警察は俺を疑っているのかもしれない、と玲斗は思った。久米田の母親松子と千舟は友人同士で、家を行き来することもある。警察がそのことを摑んでいれば、久米田と玲斗が知り合いで共犯の可能性がある、と疑っていてもおかしくない。

それならそれで放っておけばいいと玲斗は思った。いくら疑われても自分は犯行とは無関係だ。好きなだけ調べさせればいい。自分が疑われているかぎり、警察の目が佑紀奈に向く心配はない。

焼酎が運ばれてきた。芋焼酎の香りがほどよく漂ってくるが、ひと口飲んでみて首を傾げた。「ちょっと薄いな」

ははは、と壮貴が乾いた笑い声を発した。

「お湯割りとかハイボールは自分で作らなきゃだめだ。混ぜる割合だけで、すべてが決まるんだからな。自分の好みは自分にしかわからない」

「自分で作らなきゃ……か」お湯割りのカップを摑んだまま、考えを巡らせた。やがてひとつのアイデアが閃いた。指をぱちんと鳴らす。「それだっ」

「どうした?」

「梅大福」

壮貴が顔をしかめた。「まだ諦めてなかったのか」

「元哉君に作らせればいいんだ」

「梅大福をか。どうやって?」

「壮貴さんに頼みがある。梅大福の作り方を元哉君に教えてやってくれないか」

「何だって？」

「指示してくれたら必要なものは俺が全部用意する。それで本人が納得する味になるまで作らせてみるんだ」

壮貴は眉根を寄せ、玲斗の顔を覗き込んできた。「それ、本気でいってるのか？」

「もちろん本気だ。作るのはそんなに難しくないといったよな。中学生でも、作り方を教えてやればできるんじゃないか？」

「そりゃ、とりあえずっていう代物なら作れるだろうさ。問題は、そこから先だ。その子は、ほかの梅大福との味の違いはうまくいえないといったんだろ。それはつまり、味を近づけるにはどうすればいいのかはわからないってことじゃないか」

「だけどさっき壮貴さんは、作り手自身が味を覚えてて、それを再現するというのなら何とかなるかもしれないって……」

「馬鹿野郎。それは修業を積んだ職人の話だ。和菓子を舐めんなよ」

「舐めてないけど……。じゃあ元哉君にも修業してもらって」そこまでいったところで玲斗は肩を落とした。「いや、だめか」

壮貴は吐息を漏らすと声のトーンを落とし、「その子は眠ったら記憶がリセットされちまうんだろう？」といった。「残念ながら、和菓子職人の修業は一日では終わらない」

「そう……だよな」玲斗は呟き、お湯割りを啜った。

17

　絵を目にした早川佑紀奈の反応は、玲斗の予想以上のものだった。瞬きを何度も繰り返しながら口元を手で覆い、しばらく動かなかった。声を出せないようだった。

　どう、と玲斗は尋ねた。

　佑紀奈は睫をぴくぴくと動かしてから玲斗のほうを見た。

「すごいです。クスノキをこんなふうにイメージしたことはなかったけれど、実際に絵にしてもらったら、ぴったりだと思いました。そうだ、あのクスノキは女神なんだって深く同意しちゃいます」

「それを聞いたら、その絵を描いた彼も喜ぶと思う」玲斗は頷きながらいった。

　元哉の絵を佑紀奈に見せてやろうと思い立ち、連絡したのだった。学校が終わったら翔太たちと行く、と返信があった。その翔太と幼い妹は境内で遊んでいる。

「でもその子、気の毒ですね。記憶障害なんて……」

「本人と話してみると深刻そうではないんだけど、本当は相当辛いと思う」

「そうですよね」佑紀奈は表情を暗くした。「脳の病気って難しいんですよね。わかっていないことがたくさんあるらしくて」

「そういえば、君たちのお母さんも脳の病気にかかっているらしいね。以前、弟さんから聞いた」

佑紀奈は小さく頷いた。

「脳脊髄液減少症、といわれています。でも本当は、それも確定されていないんです。症状や検査結果から、その疑いが濃いというだけで……。ただ最近は少し良くなってきたみたいで、割と長い時間、動き回ったりできるようになりました。仕事にも復帰できるかもしれないそうです」

「それならよかった。詩集を売る必要もなくなったわけだ」

「そうですね……」佑紀奈は目を伏せた。詩集など、実際にはろくに売れなかった、とはいえないのだろう。

だからもう二度とおかしなバイトはするんじゃないぞ、と玲斗は心の中でいった。

佑紀奈は改めて絵を見つめた。何やら考え込んでいる様子だ。

「どうかした?」

佑紀奈は絵に視線を落としたまま、この少年、と呟いた。

「本当は何がいいたいんだろうと思ったんです」

「えっ、どういうこと?」

「この絵は、あたしの『おーい、クスノキ』をイメージして描かれたんですよね。あの詩の中で少年はクスノキに対して威張っていますけど、じつは何か大事な用件があるはずなんです。だから遠路はるばる会いに来たんです。それって、たぶん悩みです。でもそれを口に出せないから、代わりに強がりをいってるんです。そうして人は誰でもそういう悩みを抱えていると思って、あの詩を書きました。すると、この少年の場合はどんな悩みだろうと考えてみたんです」

「そういうことか……」

玲斗は内心驚いていた。この絵をそんなふうに解釈するとは意外だった。それ以前に、あの詩にそういう思いが込められていたことも初めて知った。

「その元哉君という子が自分の思いを込めたのだとしたら、悩みというのはやっぱり自分の病気のことでしょうか」

「そうだろうね」

「ですよねえ……」佑紀奈は弱ったように眉尻を下げ、ため息をついた。

「どうしたんだ?」

「あたし、この絵を物語にできないかと思ったんです。少年とクスノキの、この後のやりとりを書いてみようかと……」

「物語? 詩じゃなくて?」

はい、と佑紀奈は答え、恥ずかしそうな笑みを浮かべた。

「詩を書くのも好きですけど、いつか物語を書きたいと思ってたんです」

「小説とか?」

「そんな大それたものじゃないですけど」佑紀奈は小さく手を振った。

「いいじゃないか、書けば。きっと元哉君も喜ぶと思うし」

「だけど元哉君の病気に対する悩みを直接書くわけにはいかないし、だからといって全く無視するのも抵抗があるから、それが難しいなと思ったんです」

「たしかに……」

物語を書くということ自体、玲斗には全く浮かばない発想だ。当然、何らかのアドバイスができるわけもなく、黙って頭を掻くだけだ。

「でも、何とか考えてみます」佑紀奈が決心したようにいった。「この絵、あたしがいただいてもいいんですか」

「もちろんだ。そのつもりで絵を仕上げてもらったんだから」

「ありがとうございます。この絵を見ながら、あれこれ考えてみます」佑紀奈は絵を両手で持ち、にっこりと笑った。

佑紀奈は社務所を出ると翔太たちに声をかけ、三人並んで帰っていった。その楽しそうな後ろ姿からは、強盗事件の後遺症は感じられない。彼女自身が早く忘れられたら何よりだ、と玲斗は思った。

それから三日後の夜、佑紀奈からメッセージが届いた。アイデアが浮かんだので聞いてほしい、明日の放課後に行ってもいいか、という内容だった。俺なんかでよければ、と玲斗は返したが、不安になった。アイデアを聞かされたところで、参考になる意見などいえるわけがなかった。

どうしようかと考えているうちに、ふと閃いた。スマートフォンを手に取る。電話をかけた相手は針生冴子だ。すぐに繋がった。

「ちょうどよかったです。こちらからお電話しようかどうか、迷っていたところだったんです」冴子が弾んだ声でいった。

「何かありましたか」

「元哉が、直井さんに会いに行った日のことをしょっちゅう私に訊くんです。家に帰ってから自分はどんなふうに話したかとか、嬉しそうだったかとか。あの日に書いた日記を読んで、気になっているようです。たぶん直井さんに会いたいんだと思います。それで申し訳ないんですけど、またお願いしようかなと考えていたところでした」

「それならちょうどよかった。じつはそのことでお電話したんです。明日、元哉君は何か予定が入っていますか」

「明日ですか。いえ、特にはありません」

「だったら、遊びに来ないかと訊いてもらえませんか。彼に会わせたい人がいるんです。前回、元哉君は詩集の話はしませんでしたか」

「聞きました。クスノキの詩集ですよね。それを読んで思いついた絵を描いたとか。スマホで撮ったものを私も見せてもらいました」

「その詩集の作者が、明日こっちに来るんです」

玲斗は佑紀奈とのやりとりを説明した。

「詩を読んだ元哉君がインスピレーションを受けて絵を描いて、その絵を見た作者が今度は物語を思いつく。何だか楽しいじゃないですか。だから元哉君も一緒にどうかと思って」

「すごく素敵だと思います。わかりました。元哉に話してみます。お返事は明日の朝でも構いませんか」

今日話しても、明日になると彼は忘れてしまっているからだろう。

「結構です。お待ちしています」そういって電話を終えた。

回答の電話は翌日の午前九時にかかってきた。玲斗はすでに神社に来ており、境内の掃除を始めていた。冴子によれば、元哉は行くと答えたらしい。

「今朝もあの日の日記を読んで、是非一緒に話を聞きたいと思ったようです」

「それならよかった。じゃあ、午後三時頃に来るように伝えてください」

「わかりました。あの、直井さん……あの子のために本当にありがとうございます」冴子の言葉には、心底感謝している響きがあった。

「気にしないでください。俺がやりたくてやってることですから」

照れ隠しだったが、本音も含まれていた。

午後三時になるより少し前、元哉が社務所にやってきた。彼は前回と同様、直井さんですかと尋ねてきた。

「そうだよ。どうぞ、入って」

元哉は入ってくると社務所の中を興味深そうに見回し、頷いた。

「どうかした？」

「ぼんやりと記憶にある通りだなと思って。古くて狭くて物が乱雑に置いてある」

玲斗は、がくんと膝を折ってみせた。「なかなか手厳しいね」

「でも日記には、懐かしい感じがして、わりと掃除も行き届いている、と書いてありました。今日の僕も同意見」

「おっ、褒めてくれた。ありがとう。とりあえず座ったらどう？　飲み物、今日は何がいい？　前回はコーラだった。ほかにはウーロン茶と緑茶がある」

「じゃあ、ウーロン茶」

了解、と答えて玲斗は冷蔵庫を開けた。

「日記には、ほかにどんなことが書いてあった？」ウーロン茶の入ったグラスを元哉の前に置きながら玲斗は訊いた。

『スター・ウォーズ』について直井さんといろいろ話したこと。直井さんはアニメシリーズは見てないけど、わりと詳しい」

「それほどでもない。ええと、前回はどこまで話したんだったかな」

「カイロ・レンの悪口。ダース・ベイダーに憧れるのはいいけど、マスクが単なるコスプレだったのにはがっかりしたって直井さんはいった」

あはは、と玲斗は笑った。

「そうだったかな。全然覚えてない。俺も日記をつけたほうがいいかもしれない」

元哉も口元を緩めると、何かを思いついたような顔をしてからバックパックを開けた。中から出してきたのは詩集だった。

「それからこれのこと。絵を描いたことも」

「そうか」玲斗は首をゆっくりと上下させた。「お母さんから聞いたと思うけど、君の絵を見て、詩集を作った女子高生が物語を書きたいと思ったみたいなんだ。どんなアイデアなのか、俺もまだ知らない。もうすぐここへ来て、話してくれることになっている」

早川佑紀奈という女子高生だと教えた。

元哉はスマートフォンを取り出し、操作してから画面を玲斗のほうに向けた。表示されているのは、あの絵だった。

「この絵を描いた時の気持ちがすごくよくわかる。詩を読んで、今朝の僕も同じようなものをイメージしたから。でもこの絵からどんな物語が作られるのかは、全然想像がつかないな」

「佑紀奈ちゃんによれば、少年は女神に悩みを打ち明けたがっているってことだった」

なやみ、と呟いてから元哉は小さく顎を引いた。「そうかもしれない」

「わかる？」

「詩を読んだ時に思った。クスノキに威張った態度を取ってるけど、じつは助けてほしいんじゃないかって。だからああいう絵をイメージした」

「なるほどね」

佑紀奈は元哉の深層心理を見抜いていた。感性が合うとはこういうことをいうんだろうな、と玲斗は思った。

それからしばらくして佑紀奈がやってきた。彼女には元哉を呼んだことをいっていなかったので、彼を見て少し戸惑った様子だった。だが玲斗が、一緒に話を聞いてほしかったのだというと、納得したように微笑んで頷いた。

玲斗は佑紀奈にパイプ椅子を勧めた。机を囲んで三人が座った。元哉は少し照れ臭そうにしている。

佑紀奈が鞄から例の絵を出してきた。

「女神と向き合っているのは、夢を持てない少年じゃないかと思ったんです。今までに自分が歩んできた道を振り返ったら、この先、とても明るい未来が待っているようには思えなくて、だから夢も持てないんです。詩の中で、『からだは小さくても夢は大きいぞ。』といっているけど、本心は全く逆というわけです」

「それ、僕のことだね」元哉がいった。「未来どころか明日のことさえ考えられない」

「君をヒントにしたけど、皆にあてはまることだと思う」佑紀奈は唇を尖らせた。「あたしだって、その日その日を生きていくのに精一杯。先のことを考える余裕なんてない。どんな未来が待っているのか、すっごく不安。たぶん多くの人がそうだと思う」

彼女の言葉に納得したのか、元哉は黙って頷いた。

佑紀奈が玲斗のほうを向いた。

「そんな悩みを少年はクスノキに打ち明ける――そういう物語を書こうと思うんです」

「いいと思うけど、その先はどうなるの?」

「それはこれから考えます。まずは意見を聞きたくて。たとえば直井さんがクスノキなら、少年にはどんな言葉をかけてやりますか」

「俺がクスノキなら?」玲斗は首を捻った。「未来を明るいものにしたいのなら、今しっかり努力しなさい、とか……」

ぷっと元哉が噴き出した。「道徳の授業みたいだ」

佑紀奈も苦笑し、俯いた。

「そうだよなあ。ありきたりなアドバイスだよな」玲斗も認めるしかなかった。「じゃあ、元哉君ならどうする？」

「僕なら……そうだなあ」元哉は腕を組み、少し考え込んでから口を開いた。「少年の未来を見せてやる……かな」

「えっ、そうなの？」佑紀奈が意外そうな声を発した。

「だって、結局未来のことがわからないから、いろいろと悩んじゃうわけじゃん。それならさっさと教えてやればいい。僕だって、未来を見せてもらえるなら見たい。たぶんあまりいい未来じゃないと思うけど、それでも見たい」

そうか、と佑紀奈が手を叩いた。

「クスノキの女神には未来を予見する力があるんだ。そのことを知った少年が、自分の未来を見せてくれと頼みに行く。この物語は、そういう話なんだ」

「それ、すごくいいと思う」元哉も目を輝かせた。「問題は、どうして少年が未来を見たいと思うようになったかだね」

「きっと、いろいろと辛い目に遭ったんだよ。貧しかったり、親しい人が死んだりして、明日に期待できなくなって、それで未来を知りたいと思うようになった」

「ちょっと待って」元哉はバックパックからスケッチブックを出し、机の上で広げた。さらに鉛筆も出すと、さらさらと何かを描き始めた。

玲斗が啞然として眺めていると、次第に絵が形を成していった。それは少年の姿だった。寂しそうに肩を落として歩いている。さらに元哉は、少年の周りにも絵をいくつか描き足し始めた。やがてそれは少年の思い出らしいとわかった。ベッドで誰かが亡くなるのを看取るシーン、いじめに遭っているシーン、そしてゴミ箱に捨ててあるパンを欲しそうに見つめているシーンなどだ。いずれも簡単なスケッチだが、リアリティは十分にある。

佑紀奈は途中から、すごいすごいを連発した。

「イメージぴったり。少年の辛い気持ちが伝わってくる。絶望して、これからどうしていいかわからなくなっちゃったんだ」

「それで少年はどうするの？」元哉が訊いた。

佑紀奈は顎に手を当て、険しい顔を見せた後、ぱっと顔を輝かせた。

「昔、人から聞いた話を思い出すの。未来の出来事を教えてくれるクスノキがあるという話。少年はそれを捜す旅に出る」

「旅？　どんなところを？」

「いろいろなところ。険しい山や砂漠、ジャングルとか」

元哉はスケッチブックのページをめくり、新たに絵を描き始めた。そこには瞬く間に尖った山を登る少年の姿が浮かび上がってきた。

「そうそう、その感じ。すごーい」佑紀奈が身体を上下に揺すった。

玲斗は腰を上げ、二人のために飲み物を出してやることにした。どうやら俺の出番はなさそうだ、と思った。

18

［明日の僕へ］

今日、月郷神社に行った。僕が描いたクスノキの女神を見て、物語を書こうと思った人が来るので、一緒に話を聞かないかと直井さんに誘われたからだ。

直井さんのことは以前の日記に何度か書いてあるけど、その通りのいい人だった。社務所が奇麗に掃除されていることをいったら喜んでいた。

物語を書こうとしている人は早川佑紀奈さんといって、女子高生だった。三年生らしい。似顔絵を描いてみたけれど、あまり似ていない。でも記憶には残っていると思う。

スケッチブックに描いてある絵は、佑紀奈さんと二人で考えたストーリーの挿絵。絵の裏に、それぞれのストーリーを簡単に書いておいた。

少年に未来を見せてあげればいいというのは僕の意見。そこから佑紀奈さんが、いろいろと思いついてくれた。

次の土曜日、また一緒に話し合おうと約束した。それまでにスケッチブックの絵を仕上げるのが僕の仕事だ。明日の僕だって、ストーリーを読めば、きっと絵を描きたくなるはずだ。もし描かないのなら、その理由をきちんと日記に書くこと。だって佑紀奈さんと約束したんだから。その約束を破りたくない。

土曜日には絶対に予定を入れないよう、お母さんに頼んでおいた。

今日の僕はここまで。

土曜日の朝に目覚める僕のことがうらやましい。

19

元哉と佑紀奈が初めて顔を合わせた日の二日後、玲斗が鳥居の周囲を掃除していると、ひとりの中年男が石段を上がってきた。その顔には見覚えがあった。

玲斗は箒を持っている手を止め、男が上がってくるのを待ち受けた。すでに向こうは玲斗がいることに気づいていたらしく、やや照れ臭そうな笑みを浮かべている。

石段を上がりきると、やあ、と久米田康作は声をかけてきた。「久しぶり。相変わらず、精が出るねえ」

「あんたも思ったより元気そうだな。あんなことがあったっていうのに」

「全く、えらい目に遭ったもんだよ。無実の罪で、何日も牢屋に入れられちまった。まるでたちの悪い疫病神に取り憑かれたみたいだ。お祓いか何かやったほうがいいのかもしれないな。この神社、そういうことはやってないのか。あと、魔除けの御札とかがあるならほしいね」

「そんなことはやってない。魔除けの御札も御守りも売ってない」

「そうなのか。神社のくせに何もないんだな」

「あんたにいわれたくないよ。もしあったとしたら有料だ。どうせ払う金がないだろ？」

「ははは、それをいわれると辛いな」久米田はあっけらかんとしている。

「そもそも、あんたは無実じゃないだろ？　人の家に忍び込んで、プロレスのマスクを盗んだじゃないか。立派な泥棒だ」

久米田は、ちっちっち、と人差し指を振った。

「聞いてないか？　あのマスクは元々俺のものだったんだ。それを取り返しに行っただけなんだよ」

「取られたわけじゃなく、相手に売ったんだろ？　だったら、もうあんたのものじゃない。それを盗んだんだから泥棒以外の何物でもない。それに、結局偽物だったって聞いたぞ」

「そうなんだよ。ひどい話だ。完全に騙された。そうだとわかってりゃ、取り返そうとは思わなかった。全く世の中には悪賢いやつがいるものだ」久米田は大真面目な顔でいった。

「あんたが馬鹿すぎるんだよ」

玲斗は箒とちり取り、さらにゴミ袋を持って社務所に向かって歩き始めた。

「ところでさ、あの子はどうしてる?」久米田が横に並び、訊いてきた。

「あの子って?」

「詩集を書いた女の子だ。ここで会っただろ?」

玲斗は動揺が顔に出ないよう気をつけた。「あの子がどうかしたのか?」

「別にどうもしないけど、どうしてるのかなあと気になっただけだ。詩集をくれたしさ」

「くれた?」玲斗は足を止め、久米田を見た。「忘れているみたいだから思い出させてやるけど、代金の支払いを待ってやっただけで、あんたにくれてやった覚えはない。そうだ。今、払ってもらおう。二百円だ」ゴミ袋を足元に置き、右手を出した。

「あー、悪いけど、今は持ち合わせがない」

「またかよ」玲斗はげんなりし、再びゴミ袋を提げて歩きだした。「いい歳して、いつまで母親の臑をかじってるんだ」

「仕方ないだろ。警察に捕まってたんじゃ、働きたくても働けない」

「捕まる前だって働いてなかったんだろ? あんな年取った母親に苦労をかけて恥ずかしくないのかよ」

「俺だって、申し訳ないなあとは思ってるよ。でも仕事が見つからないんだから、どうしようもない」

「嘘つくなよ。母親のコネで勤め始めても、すぐに辞めてしまうって聞いたぞ」

「よく知ってるな。ああ、そうか。そういや、おたくの伯母さんとお袋は同級生だってな。聞いて驚いた。縁があるんだな」

「なくていいよ、あんたとの縁なんて」

「それで、ええと、さっきの質問だけど、答えを聞かせてもらってないな」並んで歩きながら久米田は訊いてきた。

「どんな質問だっけ」

「だから、あの子だよ。詩集の子。ここに来たりするのかな」

玲斗は答えず、足早に社務所に向かった。

久米田の意図はわかった。この男は、森部俊彦を殴って現金を奪った犯人が早川佑紀奈であることを知っている。だが自分が逮捕された後もそのことをいわなかった。松子さんによれば、これまで一度も人の役に立てなかった自分が誰かを助けられるチャンスなど今後はないかもしれないと思い、何があってもあの子を守ってみせると決心したのだそうだ。そこまで思い入れがあるのだから、佑紀奈の近況を知りたくなって当然だ。

「なんで黙ってるんだ?」久米田が不満そうにいった。

社務所の前まで戻ると、玲斗は掃除道具やゴミ袋を置き、改めて久米田のほうを向いた。

「佑紀奈ちゃんなら、たまに来るよ。あれを置いてあるからな」玲斗は社務所の前のカウンターを指した。相変わらず、詩集が積んである。「どれぐらいの人が手に取ってるのか、気になるみたいだ」

「そうか。元気なのかな？」

「俺の目には元気そうに見えるけど」

「それならよかった」久米田は目を細め、首を縦に揺らした。

気がつくと境内を見知らぬ二人の男女が歩いていた。神殿に近づくわけでもなく、ただ散歩しているだけのようだ。

久米田はカウンターに近づき、『おーい、クスノキ』の詩集を手に取っている。

「いいよなあ、どの詩を読んでも心が温かくなる気がする。あの女の子は、きっと奇麗な心の持ち主なんだ。ああいう子には幸せになってもらいたいよな」

「それは同感」

玲斗は複雑な思いで久米田の横顔を見つめた。今まではろくな生き方をしてこなかったらしいが、これをきっかけに今後は性根を入れ替えるのではないか、という気がした。

「ところでにいさん、こっちを向いたままで話を聞いてくれ」詩集を開き、中に目を落とした姿勢で久米田がいった。声のトーンが下がっている。「さっきから境内に中年のカップルがいることに気づいてたか。男のほうはグレーのスーツ姿で女のほうは青っぽい服を着ている。――ああ、連中のほうは見ないようにな」

「あの二人が何か？」

「刑事だよ。俺を見張っている。家を出た時から尾行されてた」

「どうしてあんたを？」

久米田は詩集を開いたまま、小さく身体を揺すって笑った。

「そんなの決まってるだろ。釈放されたといっても、俺は処分保留の身なんだ。疑いが消えたわけじゃない。それどころか連中は、絶対に俺が強盗致傷事件に関わってると信じてるんだ。まあ、状況から考えると無理ないとは思う。窃盗犯と強盗犯が同じタイミングで同じ家に忍び込んだなんて、ドリフのコントみたいだもんな。だから連中は徹底的に俺の行動を監視して、尻尾を出すのを待ってるんだ」

「尻尾って、たとえば？」

「仲間だろうな。共犯者ってやつだ。レターパックで森部に現金を送るなんてこと、俺にはできなかった。じゃあ誰がやったのかって話だよ。で、その最有力候補が――」久米田は詩集を閉じ、玲斗を指差してきた。「月郷神社の管理人だ」

「俺？」

「たぶんな」

「俺の伯母があんたのお袋さんと知り合いだから？」

久米田は首を傾げた。

「そういう単純な話ではなさそうなんだ。ただ釈放前、あんたのことを根掘り葉掘り訊かれた。会ったのは一度きりで、名前も知らないといったんだけど、まるで信用していない感じだった。警察には、あんたを疑う理由が何かあるんじゃないか」

玲斗は考え込んだ。壮貴からも同じような話を聞かされたが、さほど深刻には捉えていなかった。俺を疑いたいなら勝手に疑えよ、と軽く流していた。

「わからない。全く心当たりがない」

「それならいいんだ。俺も、おたくがあの事件に関わってるとは、これっぽっちも思っちゃいないんだけどさ」久米田は持っていた詩集を元の場所に戻した。その際、そばに立ててある札に気づいたらしく、「おい、どういうことだよ、これ」といった。札には、『御自由にお持ちください』と書いてある。「一冊二百円じゃなかったのか」

「買う人がいないから無料にしたんだ」

「だったら、俺も払わなくていいはずだろ」

「あの時は有料期間内だった。それが過ぎたから無料になった」

「何だよ、それ。そんなのありかよ」

「やかましい。泥棒のくせにでかい面するな。二百円、早く払えよ。でなきゃ、窃盗罪は二件ってことになるぞ」

「ちっ、わかったよ」

じゃあな、といって久米田は踵を返して歩きだした。境内を横切り、石段に向かう。すると少し間を置いて、例のカップルの女性だけが、久米田を追うように移動を始めた。監視しているというのは本当らしい。

残った男性は鳥居にもたれ、スマートフォンをいじっている。ちらりと玲斗のほうに視線を投げ、また下を向いた。

玲斗は気づいた。どうやら見張られているのは久米田だけではなさそうだ——。

20

土曜日は二人のティーンエイジャーにとって特別な日になったようだ。早川佑紀奈と針生元哉が月郷神社の社務所にやってきて、絵本作りの打ち合わせをする日なのだ。佑紀奈は自分が考えてきた物語を話し、それを聞いた元哉が、その場でイメージを簡単な絵にする。その絵は次回までには奇麗に仕上げられていて、打ち合わせを始める前に披露される、という段取りだ。そんなやりとりが、すでに三回行われていた。

最初の日に感じた通り、玲斗の出番は全くなかった。彼等のためにしてやれるのは、場所と飲み物を提供するぐらいだ。だが二人のやりとりを傍で聞いているのは楽しかった。佑紀奈が考えつくストーリーに感心し、それをすぐさま簡単な絵に変換してしまう元哉の才能に舌を巻いた。

二人の三回目の打ち合わせが行われた翌日、つまり日曜日に針生冴子から玲斗のもとに連絡があった。折り入って話したいことがあるので会えないか、というのだった。夜に祈念の予定が入っていなかったので神社には行かない予定だったが、それならと社務所で会うことにした。

「いつも息子が大変お世話になっています」社務所で向き合うなり、冴子は深々と頭を下げた。さらに、つまらないものですけど、といって紙袋を差し出してきた。高級洋菓子店のロゴが入っている。

玲斗は戸惑った。「俺、何もしてないですよ」

とんでもない、と冴子は手を振った。

「今まで誰もできなかったことをしていただいています。元哉に生きがいを与えてくださいました。あの子があんなに生き生きとしているのを見るのは久しぶりです。もうそんな日は来ないものだと諦めていたので、本当に心の底から感謝しているんです。直井さんはすごいです」

「そんなことないです。すごいのは、あの二人です」

玲斗は顔が熱くなるのを感じた。人からこんなふうに褒められたことなど一度もなかったので居心地が悪い。

「本当に感謝しているんです。これは私共からのほんの気持ちです」冴子は改めて紙袋を差し出してきた。

ここまでいわれた以上、あまりに遠慮するのもおかしいかなと思い、ありがとうございます、といって玲斗は紙袋を受け取った。さらに、お掛けになってください、といって椅子を勧めた。

腰を下ろしてから、冴子は穏やかな笑みを向けてきた。

「元哉は朝に目を覚ますと、まず日記を読みます。記憶は消えているのだけれど、なぜか日記を読まなきゃいけない、日記を読めば楽しい気持ちになれる、という予感だけはあるんだそうです。そうして日記を読んでいるうちに、そこに書かれている内容を体験したような気になってくるといいます。描きかけの絵をどんなふうに仕上げたらいいのかもわかってくる、ともいっています」

「そうなんですか」

元哉の心境がどういうものなのか、玲斗には想像がつかなかった。しかし楽しいのなら何よりだ、と思った。

「それで、あの、お話というのは何でしょうか」玲斗は訊いた。単に礼をいうだけのために訪ねてきたとは思えなかった。

「じつは元哉の誕生日が再来月なんです。それで、あの子に何か御褒美をあげたいと思っています」

「御褒美……ですか」

「元哉は学校には行ってないし、習い事もスポーツもしていません。だから祝ったり、褒めたりする機会が全くありませんでした。でも今は目指しているものがあります。絵本を作りあげるという夢があります。だからそれを応援する気持ちを形にしたいんです」

なるほど、と玲斗は頷いた。

「いいと思います。つまり何かをプレゼントしたいということですか」

「問題はそれです。御褒美といっても、何をしてやったらあの子が一番喜ぶか、いくら考えても思いつかないんです。何かを欲しいというのを聞いたことがないし、行きたい場所があるわけでもなさそうなんです。それで直井さんに相談にのっていただこうと思い、今日こうしてお邪魔させていただいたというわけです」

「そうだったんですか。だけど俺なんて会ってから日が浅いし、会うたびに初対面みたいなものだから、元哉君のことをよくわかってるわけではないですよ」

「でも元哉は直井さんには心を開きました。とても珍しいこと……いえ、今までになかったことです。だから直井さんになら、何か大事なことも話しているんじゃないかと思ったんですけど……」

「そういわれても、彼とは『スター・ウォーズ』の話しかしていません。だからプレゼントとなれば、『スター・ウォーズ』関連のグッズとかフィギュアぐらいしか思いつかないんですけど」

ぴんと来ないらしく、冴子は小さく首を傾げた。

「そういうものはいくつも持っていますから、今さら一つや二つ増えたところで喜びは薄いんじゃないかと……。できれば、あの子が密かに願っていることを叶えてやれたらな、と思ったりしています。もちろん、最大の願いは病気が治ることでしょうけど、それは私にはどうすることもできないので」

「密かに願ってること、ですか……」

「あの子から何か聞いてませんか。そのようなことを」

玲斗は記憶を探った。毎週土曜日に会ってはいるが、最近の元哉は絵本作りに夢中で、口を開けばその話しかしない。

考え込んでいると、ごめんなさい、と冴子が謝ってきた。

「急にこんなことを訊かれても戸惑うだけですよね。息子の願い事を把握していないなんて母親として失格だし、恥ずかしいことだと思います。すみません、忘れてください。やっぱり自分で考えてみます」

「いや、あの、力になれなくて申し訳ないです」

いえいえ、と彼女は手を振った。

「私の考えが浅かったです。元哉が直井さんを慕っていることに舞い上がってしまって、甘えようとしていました。いけませんよね、こんなことじゃ」冴子は笑顔を作り、立ち上がった。「日曜日なのに大切な時間を奪ってしまって、本当に申し訳ありませんでした。そのお菓子、なるべく早めに召し上がったほうがいいそうです。お口に合えばいいんですけど」玲斗の傍らに置いてある紙袋を見ていった。

「伯母といただきます」

玲斗は洋菓子の包装紙を見た。その瞬間、重要なことを思い出した。

では失礼いたします、と冴子が社務所から出ていこうとする。その背中に、針生さん、と呼びかけ、振り向いた冴子にいった。

「前に元哉君から聞いたことがあります。昔大好きだった食べ物で、何とかしてもう一度食べたいものがあるそうなんです」

「食べたいもの？　何でしょうか」

「それは……大福です」少し迷いつつ玲斗はいった。このことは母には内緒にしておいてほしい、と元哉からいわれていたからだ。

「大福……」

「正式名称は梅大福といいます。ふつうの大福じゃなくて、餡の中に梅の甘露煮が入っているんです。昔、家のそばにあった甘味処で食べたみたいでしたけど」

すぐに思い出したらしく、冴子の顔がぱっと明るくなった。「『やまだ』の大福だ」

「たぶん、それです。覚えておられるようですね」

「その店にはよく行きました。あの子、小さい頃から甘い物が好きで、洋菓子のクリームより和菓子の餡子のほうが好きっていう変わり者なんです。そうですか、あの大福を……。たしかに、いつもあれを注文していました」

「そのお店、つぶれてしまったそうです。だからもう食べられなくなってしまったけれど、死ぬまでにもう一度食べたいといってました。よっぽど思い入れがあるんでしょうね」

「あの子があんなものを……」呟いた冴子の顔から笑みが消えた。数秒間だけ目を伏せ、再び顔を上げた時には笑みが戻っていた。「何となく、その理由がわかるような気がします。たぶん、あの子にとっての数少ない楽しい思い出なんでしょうね。店へは親子三人で行きましたから」

玲斗は、はっとした。大福の話をした直後に、元哉が父親の浮気に触れたことを思い出したのだ。つまり大福は、家族が円満だった頃の象徴というわけか。

「針生さんも、その大福は食べたことがあるんですか」

冴子は寂しげな笑みを唇に滲ませた。

「何度かあります。美味しかったです」

「じゃあ、その大福を作るっていうのはどうでしょう？　元哉君によれば、手作りだったそうじゃないですか」

玲斗の提案に、冴子は意表を突かれた顔になった。

「大福を？　私が？」自分の胸に手を当てた後、首を横に振った。「そんなの無理です。料理は苦手ではないですけど、和菓子なんて作ったことがありません」

「大丈夫です。和菓子の『たくみや本舗』って御存じないですか。あそこに知り合いが勤めているので、事情を説明したら力になってくれるかもしれません」

『たくみや本舗』ならよく知っています。あんな有名店に御迷惑をおかけするなんて、滅相もないことです。とても興味深くて素敵なアイデアだと思いますけど、やっぱり私には無理です」

「どうしてですか。味を再現できたら、きっと元哉君は喜びます」

だから、といって冴子は苦笑した。

「それが無理なんです。『やまだ』の大福が美味しかったという記憶はあります。でも、どんな味だったかは覚えていません。何しろ、最後に食べたのはずいぶん前ですから」

「だけど元哉君は、はっきりと覚えているような口ぶりでした。ほかの大福と食べ比べたこともあるけれど全然違ったって」

「あの子ならそうかもしれません。味を記憶する力があるんです。たぶん遺伝だと思いますけど」冴子は、ふっと吐息を漏らした。「父親が料理人なんです。今も都内でフレンチの店を経営しています」

「あ、そうなんだ……」

「料理の腕はいいんですけどね」冴子は、ぼんやりとした視線を遠くに向けた。女癖が悪いのが玉に瑕、とでも思っているのだろうか。

どう応じていいかわからず、玲斗は唇を結んだ。

そうですか、と冴子が呟いた。

「元哉が、あの大福をねえ。そういうことなら食べさせてあげたいけど、どんな味なのかを忘れてしまっているので、どうしようもありません。あの子にとってそんなに大切な思い出になるとわかっていれば、漫然と食べるんじゃなく、もっときちんと味わって、しっかりと覚えておいたんですけど……」

力なく肩を落とす彼女を見て、玲斗の頭にある考えが浮かんだ。だがそれを口にしていいものかどうか迷った。

「直井さん、貴重なお話をありがとうございました」玲斗が黙っていると冴子が頭を下げてきた。「大福のことなんて、今日、初めて知りました。それを参考に、いろいろと考え直してみます」

彼女が辞去する気配を示したので、玲斗は焦った。ここで帰してしまったら、これに関する話をする機会はもうないかもしれない。

「あの、針生さん。ひとつだけ方法があるんですけど」逡巡した後、玲斗は切りだした。

「方法？　何のですか」

「だから、その……元哉君の記憶にある大福の味を知る方法です」玲斗は乾いた唇を舐めてから続けた。「今から俺がいうことを絶対に他言しないと約束してくださいますか。約束してもらえるなら、たぶん願いは叶えられます」


元哉の誕生日祝いについて針生冴子から相談された日の三日後が新月だった。玲斗は作務衣姿で社務所の前にいた。

午後十一時を少し過ぎた頃、境内の向こうから二つの小さな明かりが近づいてきた。どうやらそれぞれが懐中電灯を手にしているようだ。

玲斗は立ち上がり、二人がやってくるのを待った。

やがて冴子と元哉の姿がはっきりと見えてきた。二人が社務所まで来ると玲斗は丁寧に一礼し、お待ちしておりました、といった。

こんばんは、と冴子が挨拶するのに続き、元哉も同じ言葉を口にした。しかし、その表情は硬い。

「今夜のこと、元哉君に説明はしてくださいましたか」玲斗は冴子に訊いた。

一応、と彼女は自信なさそうに答えた。

「うまく伝わっているかどうかはわかりませんけど」

冴子自身が半信半疑なのだろう、と玲斗は察した。無理もないことだ。クスノキの力は、実際に接してみないと実感できない。

玲斗は元哉を見た。「俺が誰かはわかってるね？」

少年は顎を引いた。

「直井玲斗さんですよね。日記で読んでいます。いつもお世話になっているみたいで、ありがとうございます」今夜は緊張しているせいか、口調が硬かった。

「記憶にないかもしれないけど、以前、君から大福の話を聞いた。『甘味処やまだ』の、餡の中に梅が入っている大福の話だ。君はそれを死ぬまでにもう一度食べたいと俺にいった。その気持ちは、今の君も同様なのかな」

元哉は目に当惑の色を浮かべた。

「そんな話、したんですね。誰にもいわないつもりだったんだけど……。はい、食べたいと思っています」

「でも、その店はなくなってしまったらしいから、君に食べさせるには、味を再現した大福を作るしかない。問題は、どんな味なのか、わからないってことだ。そこで今夜、君に来てもらった。その大福の味を君は覚えているんだね？」

「はい、覚えています」元哉の答えに揺らぎはなかった。

「本当に？　ぼんやりと、じゃだめだよ。その大福を食べた時の食感だとか風味だとかも思い出してくれないと困るんだけど」

大丈夫です、と元哉は力強くいった。「今でも、はっきりと思い出せます」

「それを聞いて安心した」玲斗は椅子に置いてあった紙袋を元哉に差し出した。「これを君に渡そう」

元哉は受け取った紙袋の中を覗き、不思議そうに瞬きした。「何ですか、これ？」

「見ての通り、蠟燭とマッチだ。説明するから、俺についてきてくれ」

玲斗は懐中電灯を手にし、前を照らしながら歩き始めた。

境内の右隅に沿って進んでいくと、繁みの途切れているところがあり、『クスノキ祈念口』と書かれた札が立っている。

「ここから先は元哉君ひとりで行ってくれ。細いけれど一本道だから迷う心配はない。道の先には大きなクスノキの木があって、幹の空洞に入れるようになっている。中には燭台が置いてあるから、そこに蠟燭を立てて火をつける。で、大事なのはここからだ」玲斗は元哉を見て、人差し指を立てた。「火をつけたら、例の大福のことを考えてほしい。食感、甘さ、香りなど、できるかぎり細かいところまで思い出すんだ。君のその記憶がクスノキに伝われば、味の再現が可能になる」

元哉は怪訝そうに首を傾げた。

「お母さんからもそういうふうに聞いたけど、本当にそんなことってあるのかな」

「今はまだ信じられないと思う。だけど、とりあえず俺のいう通りにしてほしい。君の願いを叶えるためなんだ」

「正直いうとね」冴子がいった。「お母さんだって半信半疑なの。そんなことできるんだろうかって疑う気持ちがある。でも、信じてみようと思う。信じないと奇跡なんて起きないと思うから。元哉も信じてちょうだい。だめで元々なんだし」

元哉は釈然としない表情ではあったが、割りきったように頷いた。「わかった。やってみる」

「くれぐれも火の始末には気をつけて」

玲斗の言葉に、はい、と答えてから元哉は小道を歩いていった。

元哉の祈念が終わるまで、冴子を社務所で待たせることにした。

「うまくいくんでしょうか」冴子は不安そうだ。正直いうと半信半疑、という言葉は本音だろう。三日前、玲斗がクスノキの力について説明した時も、納得している様子ではなかった。

わかりません、と玲斗は答えた。

「クスノキが思いを伝えてくれるのはたしかです。でも、祈念のこういう使い方は初めてなので、どうなるかは俺にも予想できません。元哉君が大福の味の記憶をクスノキに預けられたとしても、それを針生さんが受け取れなければ意味がないし」

「次は私がクスノキに祈らなければいけないんですね」冴子が表情を強張らせた。

「二週間後の満月の夜、こちらに来ていただきます」

「私にできるでしょうか」心細そうに訊いてから彼女は顔をしかめた。「どうなるかは直井さんにもわからないんですよね。ごめんなさい、同じことを何度も訊いて……」

「皆さん、不安がられます。それが当然なんです」

口にしながら、我ながら生意気なことをいっている、と玲斗は思った。自分にしても、まだクスノキのことを完全には理解していないのだ。

クスノキに入って元哉に大福の味を預念させ、次に冴子に受念させる。そうして記憶した味を冴子に再現させる——思いついた時には名案だと思ったが、考えれば考えるほど障壁が大きいような気もするのだった。味を再現させるといっても、どうすればいいのか。壮貴に頼るつもりだが、首を縦に振ってくれるとはかぎらない。そもそも味の記憶など正確に伝えられるものなのか。

この件について千舟には相談していない。そんなことに祈念を使ってはいけないと叱られるのが関の山だ。今夜にしても、架空の名前で預念の予約を入れた。

時計を見ると小一時間が経っていた。元哉に渡した蠟燭が燃え尽きる頃だ。社務所を出て、冴子と二人で祈念口に向かった。

やがて反対側から元哉が戻ってくるのが見えた。彼も気づき、玲斗たちに軽く手を振ってきた。その顔からは緊張感が消えているようだ。

「どうだった？」冴子が訊いた。

うん、と元哉は頷いた。

「できるだけのことはやってみた。何だか懐かしかった」

「懐かしい？　どうして？」

「それは、あの……昔のことを思い出したから。あの大福を食べた頃のこととか」

ああ、と冴子は複雑な表情を示した。家庭が円満だった頃、という意味でもあるからだろう。

「今夜はお疲れ様でした」玲斗は二人にいった。「次の満月の夜には、お母さんだけいらしてください。それから元哉君は、今夜のことは日記には書かないほうがいいと思う」

「どうして？」

「うまくいくかどうかわからないからね。期待して、がっかりするのは嫌だろ」

元哉は一瞬目を見開いた後、吐息をついた。

「それはそうかもしれませんね。じゃあ、書かないでおきます」

「後は絵本作りに集中だ。土曜日に待っているよ」

はい、と元哉は気持ちの籠もった声で答えた。

親子が並んで帰っていくのを玲斗は社務所の前から見送った。

21

梅大福再現のアイデアを聞くと、大場壮貴は生ビールでむせた。どんどんと胸を叩き、息を整えてから玲斗を見た。

「おまえ、まだそんな夢みたいなことを考えてるのか。どうかしてるぞ」

玲斗はレモンサワーのジョッキを置き、身を乗り出した。いつもの居酒屋の、いつものテーブルで向き合っている。

「元哉君に大福を作らせるんじゃない。彼が記憶している味をお母さんが受念して、それに基づいて作ってもらうんだ。お母さんなら、和菓子作りの修業だってじっくりとできるわけだし」

壮貴は露骨に怪しむ顔を作り、大げさに首を捻った。

「記憶している味を受念するって、そんなこと本当にできるのか？　いや、俺だってクスノキの力を信じてないわけじゃないけど、正直いって、さすがにリアリティを感じにくい」

壮貴にはクスノキの中で受念しようとした経験がある。だが彼の場合、事情があって、それは叶わなかった。

「やってみてだめなら諦める。でも、もしお母さんが味を受念できたなら力を貸してほしい。

わかるだろ？　こんなことを頼めるのは壮貴さんしかいないんだ。どうかお願いします」テーブルに両手をつき、頭を下げた。

壮貴が舌打ちをするのが聞こえた。

「こういうところでそんなことをするな。ほかの客が変に思うだろ。さっさとやめろ」

玲斗は、おそるおそる顔を上げた。「頼まれてくれる？」

壮貴は弱ったように口元を曲げた。

「どうしてそこまで一所懸命になるんだ？　相手は縁もゆかりもない中学生なんだろ？　不治の病っていうのはかわいそうだけど、おまえに責任があるわけじゃない。放っておけばいいじゃないか」

「それが、今は十分に縁もゆかりもあるんだ。女子高生と二人で絵本を作ってることは前に話しただろ？　あの姿を見ていたら、何か俺にもしてやれることはないかなって気持ちになってくるんだよ。元哉君のお母さんからも、あの子に生き甲斐を与えてもらえて感謝してるっていわれた。そんなのはお世辞に決まってるといいたいかもしれないけど、俺は単細胞だから、それだけで張り切っちゃうんだ」

壮貴は苦笑し、枝豆を口に放り込んだ。「自分で自分のことを単細胞だといってりゃ世話ねえな」

「頼みます。力を貸してください」再び頭を下げた。

「そういうのはやめろといっただろ。顔を上げろ」壮貴は大きくため息をついた。「わかったよ。何とかしてみる。会社の上司や職人さんたちに相談してみよう」

「ほんとう?」

「その代わり、今夜はおまえの奢りだ。嫌だとはいわせねえぞ」

「もちろん奢る。何でも好きなものを頼んでくれていい。ありがとう。恩に着るよ」玲斗は腕を伸ばして壮貴の手を握り、上下に振った。

壮貴が顔をしかめた。「痛えよ、わかったから放せ」

「ごめん。嬉しくて力が入りすぎた」

「全く馬鹿力が」壮貴は握られていた手を振った後、「だけど和菓子作りは大変だぜ。そのおばさん、覚悟はできてるんだろうな」と真剣な目を向けてきた。

「大丈夫だと思う。料理は得意だといってたし」

壮貴は、ふんと鼻を鳴らした。

「和菓子は甘くても、和菓子作りは甘くない。まあ、やってみればわかることだ」そういってから手を上げて店員を呼び、『村尾』のロックを注文した。この店で一番高い焼酎だ。『一五〇〇〇円』という表示を見て、玲斗は思わず財布の中身を確かめた。

居酒屋を出て壮貴と別れると、自転車を押しながら歩いて帰った。時刻は午後八時を少し過ぎたところだ。早々にお開きにしたのは、壮貴が『村尾』のおかわりを注文しそうだったからだ。

柳澤家の前に着くと、門の脇にある通用口からひとりの男性が出てきた。その顔を見て、玲斗は驚き、立ち止まった。中里だった。

中里のほうも玲斗に気づいたらしく、口を開いた。「やあ、今、帰りかね」

「どうしてうちに？　何の御用だったんですか」玲斗は訊いた。つい、声が尖ってしまう。

「大した用件じゃない。ほんの御挨拶だ。月郷神社の調査に協力してもらったお礼をいってなかったしね。天下の柳澤家に面倒をかけておいて、そのまま挨拶もなしってわけにはいかない」

「伯母とはどんな話を？」

「だから大したことは話してないよ。柳澤さんに訊いてみたらわかる。じゃあ、これで」中里は軽く手を上げ、立ち去りかけたが、すぐに足を止めて振り返った。「今後のことは考えているのかな？」

「今後のことって？」

「もちろん柳澤さん——君の伯母さんのことだ。今はまださほど支障がないのかもしれないが、あの病気は突然状況が変わる場合がある。雪崩のようにね。早めに準備しておくことをお勧めする」

千舟の病状についていっているのだとわかった。

「いわれなくても、俺なりにいろいろと考えています」

「だろうね。余計なことだったなら勘弁してくれ」中里はくるりと身体の向きを変え、歩きだした。振り返る気配はなかった。

玲斗は自転車を置き、家に入った。居間に行くと千舟がテーブルに向かい、手帳を眺めているところだった。ただいま、と玲斗はいった。

「お帰りなさい。案外早かったわね。飲みに行ったんじゃなかったの？」手帳から顔を上げずに訊いてきた。玲斗が帰宅したことは物音から気づいていたようだ。

「今夜は早めに切り上げたんです」

壮貴と会うことは電話で伝えてあったのだ。

「刑事が来てたみたいですね」

「ケイジ？」千舟が顔を上げた。

「中里刑事ですけど……」

もしや記憶が消えているのだろうか、と不安になった。

だが千舟は、ああ、と得心顔で頷いた。

「あの方は警部補です。役職は刑事課刑事一係長。中里さんによれば、刑事という役職は存在しないそうです」しっかりとした千舟らしい口調だ。玲斗は胸を撫で下ろした。

「中里警部補は何しに来たんですか」

「それを持って来られました」千舟が横を向いた。視線の先には菓子折りがあった。『たくみや本舗』の包装紙ではなかった。「神社の捜索に協力したお礼だそうです。警察にも律儀な人というのはいるのですね」

「お礼だけですか。ほかにはどんな話を?」

ほかには、といって千舟は手帳に目を落とした。「そうそう、写真を見せられました」

「写真? どんな写真ですか」

「人の写真です。いろいろな人が写っていました」

「何枚ぐらい?」

「そんなの覚えちゃいませんよ。写真といっても、一枚一枚見せられたわけじゃなくて、あの……何というんでしたっけ。スマホより画面が大きくて……」

「タブレットですか」

「そう、タブレット。あれを渡されて、中に入っている画像を見てくれといわれたんです。それで、もし知っている人がいたら教えてほしいと」

「いたんですか」

いいえ、と千舟は首を振った。「いませんでした」

「すると中里警部補は何と?」

「別に何とも。そうですか、といってタブレットを鞄にしまいました」

玲斗は思考を巡らせた。中里は、どういう人物たちの画像を千舟に見せたのだろうか。狙いがさっぱりわからない。

「中里警部補は、ほかにどんなことをいってましたか」

「あとは……あなたの給料のことね」

「俺の給料？　金額ですか」

まさか、と千舟は小さく手を振った。

「いくら警察でも、そこまで立ち入ったことは訊いてきませんよ。払い方を尋ねてきたんです。現金で手渡しなのか、それとも銀行振り込みなのかって。そんなことをいわれても困るわよね。だってクスノキの番人には給料は支払われず、祈念料がそのまま収入になるという仕組みなんだから。でも祈念のことを話すわけにはいかないし、どうしようかと思っちゃった」

「で、どう答えたんです？」

「何か月かに一度、現金をぽんと渡していますと答えておきました。最近はいつ渡したかと訊かれたので、三か月ぐらい前だったと思いますと。あなた、もし同じようなことを訊かれたら、話を合わせておいてちょうだい」

「わかりました。中里警部補からの質問は以上ですか」

「そんなところだったと思います」千舟は手帳を見た。「ああ、そう。お母さんのことを話しておられたわね」

「お母さん？　中里警部補の？」

「老人ホームに入っているんだけど、なかなか会いに行けないって」

「へえ……」

玲斗は別れ際に中里がいっていたことを思い出した。あれは自らの経験に基づく発言だったのかもしれない。

22

土曜日にやってきた元哉は、玲斗の顔を見ても、大福や祈念について一切口にしなかった。やはり記憶から消えているようだ。それよりも彼にとって重要なのは、絵本の続きがどうなるかに違いなかった。佑紀奈がストーリー作りに行き詰まっているからだ。

主人公の少年はクスノキの女神に、未来を見せてほしい、と望む。そこで女神は彼にどんな未来を見せるか——その部分で悩んでいるらしい。

「いい未来を見せても、悪い未来を見せても、どっちにしろ少年のためにはならないと思うんだよね。だからといって何にも見せないんじゃ女神の意味がないし」アイデアノートを前に、佑紀奈は腕組みをしていう。

「それにこれは絵本だから、いろいろな人が読むわけだよね。どんな人にも通じる話にしないとまずいと思う」

元哉の意見に、そうだよねえ、と女子高生作家はため息をつく。

大変だなあ、と玲斗は二人のコップに麦茶を注ぎながら同情した。物語の展開に行き詰まるなんて、自分には一生縁のない悩みだと思った。

すると佑紀奈が、「直井さん、何かいいアイデアありませんか」と訊いてきた。玲斗はペットボトルを落としそうになった。

「俺に訊くなよ。そんな知恵、あるわけないだろ」

「でも自分の未来を知りたいと思ったことはあるんじゃないですか」

「ないね、そんなものは」玲斗は肩をすくめた。「どうせ大した未来じゃないと諦めてる」

「小さい頃はあったと思うんですけど」

「さあねえ、忘れちまったな、そんな昔のこと」答えながら首の後ろを掻く。二人のために何かいい案を出してやりたいが、思いつかないのだから仕方がない。

「ちょっと思ったんだけど」元哉が躊躇いがちに口を開いた。「未来って、そんなに大事なことかな」

えっ、と佑紀奈が驚いたように背筋を伸ばした。「それ、どういう意味?」

「いや、何というか……未来を知ることに価値があるのかなと思って」

「価値って……」佑紀奈は当惑したように視線を泳がせた。

ごめんなさい、と元哉は謝った。

「佑紀奈さんが考えたストーリーにけちをつけたいわけじゃないんだ。ただ、どうして少年は未来を知りたいと思うのか、そこがわからなくて……」

「えっ、でも、だって」佑紀奈は釈然としないとばかりに瞬きを繰り返した。「少年に未来を見せてやればいいっていったのは君じゃない」

えっ、と今度は元哉が声を漏らした。「そうなの？」

「そうだよ。少年は未来のことがわからないから、いろいろと悩んでる。それならさっさと教えてやればいい、自分だって未来を見せてもらえるなら見たい――たしかにそういったよ。覚えてないの？」佑紀奈は唇を尖らせていった後、はっとしたように口元に手をやった。思わず失言してしまったことに気づいたのだろう。ごめん、と呟いた。

元哉は気まずそうに俯いた後、傍らに置いたバックパックからノートを出した。それを開き、ページを繰っていく。やがて手を止め、そうかあ、と吐息を漏らした。

「ほんとだね。それ、僕がいいだしたことだったんだ。ちゃんと日記に書いてるよ。ここへ来る前に読み返すんだけど、どんどん内容が増えていくから、昔のほうは読まなくなってるんだよね。手抜きはよくないな」

「手抜きだなんて、そんなことはないと思うけど……」佑紀奈の声には元気がない。

元哉は、じっと日記に目を落とした後、頷いて顔を上げた。

「訂正。やっぱり、その方向でいいと思う。少年はクスノキの女神に未来を見せてほしいと頼むんだ。日記を読んで、それで間違ってないと確信した。佑紀奈さんを迷わせるようなことをいってごめん」

「本当に納得したの？」

「納得した。もうおかしなことはいわない」

「それならいいけど……」

少し空気が重たくなった。その時、机に置いた玲斗のスマートフォンが着信を告げた。手に取ると千舟からだった。

「はい、どうかしましたか」

「玲斗……今、忙しいですか」千舟にしては細い声だ。嫌な予感がした。

「いや、そうでもないです。何かあったんですか」

「じつは駅にいるんだけど……」その先を千舟はいい淀んだ。

「千舟さん？」

「……わからなくなっちゃったのよ」

「わからない？　何がですか」

だから、といって再び黙った後、千舟は続けた。「帰り道が」

玲斗の心臓が、ぴくんと反応した。しかし驚きの声を発するのは辛うじて堪えた。

わかりました、と懸命に落ち着いた口調でいった。

「これから迎えに行きます。そこを動かないでください。いいですね」

「はい……ごめんなさい」

玲斗は胸が痛くなった。千舟のあんなに弱々しい声を聞いたのは初めてだ。

電話を切った後、机の抽斗から社務所の合鍵を出し、佑紀奈に差し出した。

「出かけなきゃいけなくなった。いつ戻れるかわからないから、ここを出る時には戸締まりを頼む。鍵は、次に来た時に返してくれたらいい」

「何かあったんですか」

「大したことじゃない。単なる道案内だ」そういうと社務所を飛び出した。

境内を突っ切り、石段を駆け下りた。空き地に止めてある自転車にまたがると、ペダルを踏む足に力を込めた。

認知症カフェで付き添いの人がいっていたのを思い出した。症状が進むと、いつも通っている道なのにわからなくなることがあるらしい。常にというわけではないが、時折そんなことが起きる。その頻度が増えてくるようだと、ある程度は覚悟したほうがいい、ともその人はいった。

覚悟——つまり千舟は本格的な認知症に移行しつつあると腹をくくる必要があった。

覚悟はできてるさ、と玲斗は自分にいい聞かせた。だからといって逃げだすわけにはいかない。千舟は唯一の親族であり恩人なのだ。

駅に着いたが、千舟の姿はなかった。玲斗は周辺を捜しまわったが、やはりどこにもいない。おかしいなと思いながら、電話をかけてみた。

電話はすぐに繋がり、はい、と無愛想な声が聞こえてきた。

「あ……千舟さんですね。今、どこにいらっしゃいますか」

「どこって、家だけど」

「家？　自宅ですか」

「そうよ。ついさっき、帰ってきたところ。それがどうかした？」

「帰れたんですね」

「帰れたわよ。あなた、何いってるの？」

玲斗は合点した。どうやら千舟は、駅で待っている間に自宅への帰り道を思い出したようだ。同時に、混乱して玲斗に助けを求めたことは忘れたらしい。それがいいことなのか悪いことなのか、判断する材料を玲斗は持ち合わせていなかった。

「何でもないです。俺も今から帰ります」

「だったらどこかで卵を買ってきてちょうだい。買わなきゃと思いながら、いろいろと考えているうちにうっかり忘れてしまいました」

「わかりました。卵ですね。買って帰ります」

電話を切り、玲斗は拳で自分の胸を叩いた。いつだって覚悟はできている、と改めて自分に確認した。

23

元哉が預念した日から二週間が経ち、満月の夜がやってきた。ひとりで月郷神社に現れた針生冴子は、不安な思いを隠せていなかった。

「難しいことではありません」玲斗は受念のやり方について、まずはこういった。「クスノキの中に入ったら、燭台に蠟燭を立てて火をつけます。後は元哉君のことを考えるだけです。どんなことでも構いません。楽しかった思い出でもいいし、辛かった時のことでもいいです。あなたと元哉君に心の繋がりがあるのなら、必ず念は降りてきます。ただし、それがどんなものかはわかりません。どんなものであっても受け入れるという心の準備だけはしておいてください」

この言葉を聞いても、冴子の顔から怯えの色は完全には消えなかった。しかし彼女は心を決めたように頷いた。「やってみます」

玲斗は蠟燭とマッチの入った紙袋を冴子に渡した。

「では行ってらっしゃいませ。針生様の念がクスノキに伝わりますこと、心よりお祈り申し上げます」

冴子の細い身体が闇に消えていくのを見届けた後、玲斗は社務所の前に置いたパイプ椅子に腰を下ろした。見上げれば丸くて白い月が浮かんでいる。大福を連想し、いい予感がした。

今夜のことも千舟には話していない。元哉に預念させた時と同様に、架空の名前で予約を入れたのだ。最近の千舟は、祈念の予定表に覚えのない名前があっても何もいわない。玲斗を信用してくれているのだろうが、それ以上に自分の記憶に自信がないのだ。

千舟の症状は、まだMCI——軽度認知障害というレベルで留まっている。しかしそこから何歩か悪い方に進んでしまっているのかもしれない、と感じることが増えた。帰り道がわからなくなったといってSOSを出してきたのは先日が初めてだが、つい最近の出来事を千舟がすっかり忘れていて話が嚙み合わない、といったことは頻繁にあるのだ。

もし彼女が本格的に認知症になったらどうするか。このところ、玲斗はそればかりを考えている。もちろん、できるだけのことはするつもりだ。心の準備はしてある。

心配なのは千舟の気持ちだった。聡明な彼女は現実を受け入れ、自分の身に何が起きても取り乱さないよう心がけている。少なくとも玲斗の目にはそう映っている。しかし本心は違うはずだ。刻一刻と忍び寄る暗い影に恐怖を感じていないわけがなかった。そんな彼女に何かしてやれることはないのだろうか。ことあるごとに励ましの言葉をかけたりしているが、プライドの高い彼女を傷つけているだけのような気もするのだった。

そんなことをぼんやりと考えているうちに一時間が経った。懐中電灯を手にした冴子が戻ってくるのが見えた。

玲斗は立ち上がり、彼女を出迎えた。その顔を見て、ぎくりとした。充血した目の下には明らかに涙の跡があった。

「うまくいきませんでしたか」クスノキの番人は祈念の首尾を尋ねてはいけないのだが、玲斗はつい訊いていた。

冴子は首を横に振り、持っていたハンカチで目元を押さえた。

「できました。受念、できたと思います。あの子の思いが伝わってきました。想像していたよりずっと強く、鮮やかに……」

「大福の味はどうでしたか」

「わかりました。それで私も思い出したんです。ああ、たしかにこういう味だったと。懐かしい思いで胸がいっぱいになりました」

「それならよかった」

「あの大福を元哉に食べさせてやりたいと思いました。あの子にとって、あれほど大事なものだったなんて考えたこともなかったです」

「だったら、やりましょう。幻の大福を復活させるんです」

はい、と力強く答えた後、冴子は思い詰めた目を玲斗に向けてきた。「でも……」

「どうかしましたか」

冴子は唇を舐めてから、意を決したように口を開いた。

「その目的を果たすために、もう一つお願いを聞いていただけないでしょうか」

「もう一つ……ですか」

はい、と冴子は真剣な顔で頷いた。


冴子の受念から約二十三時間後——。

玲斗が社務所の前で昨夜とあまり形の変わらない月を眺めていると、懐中電灯の光が近づいてくるのを目の端で捉えた。二人の男女が歩いてくる。女性は冴子で、男性のほうは知らない顔だ。長身で、がっしりとした体格だった。

こんばんは、と冴子が挨拶してきた。

「お待ちしておりました」玲斗は視線を彼女から隣の男性に移した。「こちらが……」

「元哉の父親です」冴子が紹介した。

「藤岡《ふじおか》といいます」男性が自己紹介した。だがその顔に笑顔はない。むしろ目には疑念の色が浮かんでいる。

「話はお聞きになりましたか?」玲斗は訊いた。

「ええ、一応聞きましたが……」藤岡の歯切れは悪い。「信じがたいというか、ぴんとこないというか、あまり納得できないまま連れてこられて戸惑っている、というのが今の正直な気持ちです」

玲斗はゆっくりと頷いてみせた。

「大変よくわかります。皆さん、最初はそうです。だから、とにかくやってみてくださいとしかいえません」

藤岡は吐息を漏らし、冴子のほうを向いた。「君と同じことをいっている」

「だって、そうだもの。私もそうだった。昨日のこの時間までは半信半疑だった」冴子が強い口調でいった。「だからお願い、騙されたと思ってやってみて」

「わかってるよ。僕だって元哉のことは大事だ」

玲斗は蠟燭とマッチの入った紙袋を藤岡に渡し、受念のやり方を説明した。ある程度のことは冴子から聞いていたらしく、藤岡は頷きながら聞いていた。

クスノキの祈念口に向かって歩きだした彼を、玲斗は冴子と並んで見送った。

「うまくいくといいですね」玲斗はいった。

「大丈夫だと思います。あの人も、元哉とは心が繫がっていたはずですから」

微妙な表現が気になったが、その点には触れないでおくことにした。

昨夜冴子がいった「お願い」とは、元哉の父親にも受念させたい、というものだった。

彼女の考えは理解できた。ひとりよりも二人で受念したほうが、きっと正確に味を再現できると考えたのだろう。しかも元哉の父親は料理人で、味を記憶する力が秀でていると以前聞いていた。

問題は、どう説得するかだが、それは自分が何とかすると冴子はいったのだった。

「知り合いの和菓子屋には話をつけてあります。梅大福作りに挑戦するのは二人だって。元哉君のお父さんが加わったら鬼に金棒ですね」

「さあ、どうでしょう。でも、そうであることを祈るしかありません」

「ええと、こんなこと訊いていいかどうか、わからないんですけど……」玲斗は重たく口を開いた。

「何でしょうか。遠慮なくいってください」

「藤岡さん、今は御家庭を持っておられるんですか」

ああ、と冴子は頰に微苦笑を浮かべた。

「気になりますよね、やっぱり。詳しいことは聞いていませんけど、交際している女性はいるらしいです。レストランの共同経営者だとか。でも結婚する予定はないといってました。子供を作る気はないから、と。相手の女性が別の人と結婚するといいだしても文句をいう気はないそうです」

「子供、ほしくないんでしょうか」

「不安だから、といってました。元哉の病気がわかった時、遺伝的要素も否定できないといわれたんです。そのことが引っ掛かっているみたいです」

「藤岡さんも、元哉君のことがずっと気に掛かっているんですね。そりゃあそうですよね。じつの息子なんだから」

玲斗の言葉に、そうですね、と冴子は同意した。

「私が彼にも受念させたいと思ったのは、梅大福を作るためだけではないんです。もっと別の、もっと大きな理由がありました」

「そうなんですか。その理由って――」何ですか、と訊きかけて玲斗は言葉を呑んだ。冴子の目に涙が溜まっていることに気づいたからだ。

「私たちはもっと早く知るべきでした。あの子が胸に抱えているものの存在に。クスノキに教えてもらう前に気づくべきでした」

溜まっていた涙がこぼれ、頰を伝った。

玲斗は黙って俯いた。

24

境内を通り抜けて石段を降りていくと、細い道の脇に白い軽ワゴンが止まっていた。車体の側面に『たくみや本舗』と書かれている。運転席にいるのは壮貴だった。見慣れない白い上着は制服らしく、胸に会社のマークが付いていた。

玲斗は挨拶代わりに手を挙げ、助手席のドアを開けた。

「ごめん、待たせちゃったかな」

「そうでもない。俺も今来たところだ。じゃあ、出発するぞ」

玲斗はシートベルトを締め、いいよ、と答えた。

「さっき男二人が石段を上がっていくのが見えた」壮貴が頬を歪めていった。「片方はジャンパー姿で、もう一人はスーツだ。境内にいただろ？」

「いたのかな。参拝客は何人かいたようだけど、特に気にしなかった」

「ジャンパーを着てたほうは、前に俺に声を掛けてきた刑事だ。こっちはクルマに乗ってたから向こうは気がつかなかったみたいだけどな」

「また刑事か。何を嗅ぎ回ってるのかな。うちにまで来たし」

「うちって、柳澤さんの家か」

「そうなんだ。で、千舟さんにおかしなことを訊いたらしい」

玲斗は先日のことをかいつまんで説明した。

「何だよ、それ。どういうことだ？　久米田っていうおっさんが月郷神社に隠れてたそうだから、刑事が神社をうろちょろするのはわかるけど、柳澤さんは全く関係ないだろ？　玲斗、おまえ、本当に何も心当たりはないのか？」壮貴はハンドルを操作しながら、強い口調で詰問してきた。その勢いに気圧され、玲斗は返事を躊躇った。すると何かを感じ取ったのか、壮貴はブレーキを踏み、クルマを路肩に止めた。

「おい、玲斗っ」壮貴はハンドルを叩き、睨んできた。「おまえ、俺に何か隠してるんじゃないだろうな」

玲斗は目を伏せた。何も隠してない、という言葉を出せなかった。

「れいとっ」

「ごめんっ」玲斗は顔の前で手を合わせた。「壮貴さんには話したほうがいいのかなとは思ってたんだけど、つい、いいそびれてたんだ」

壮貴は大きなため息を吐き出した。「一体、何を隠してるんだ。事件のことか」

「じつは、そうなんだ」

「まさか、自分が犯人だとかいいだすんじゃないだろうな」

「そんなことはいわない。でも――」

「なんだ？」

「犯人を知っている」

壮貴は、ぎょっとしたように目を見開いた。「誰だ？」

玲斗はすぐには答えられなかった。すると壮貴の左手が伸びてきて、玲斗の襟元を摑んだ。

「誰なんだよ。さっさと吐けっ」

「約束してくれるか。誰にもいわないって」

壮貴の目に戸惑いの色が浮かんだ。「俺の知ってる人間か」

「会ってはいない。でも知ってる。俺の話に出てくるから」

壮貴は少し間を置いてから頷いた。「わかった。約束するよ。で、誰なんだ？」

「佑紀奈ちゃんだ」

「はあ？」壮貴は眉間に皺を寄せた。「佑紀奈って、絵本を書いてるっていう女子高生じゃないのか」

「そう」

「えっ、ちょっと待て」壮貴は頭に手をやった。「今、何の話をしてるんだ？　強盗事件の話をしてるんじゃなかったのか」

「その話だ」

「すると何か？　強盗事件の犯人が、その女子高生だったというわけか」

「そうなんだよ」

「マジか？　俺をからかってるんじゃないだろうな」

「この局面で冗談なんかいうわけないだろ。信じられないだろうけど、本当のことなんだ。説明すると長くなるけど」

「長くなってもいいから説明しろ」そういうと壮貴はクルマのエンジンを止めた。

仕方なく玲斗は、強盗事件の真相を知った経緯を話すことにした。千舟と久米田松子の関係や、クスノキの力を使ったことなども説明する必要があった。うまく順序立てられず、途中で何度も話が行ったり来たりしたが、とりあえず最後まで打ち明けた。

話を聞き終えた壮貴は、額に手を当て、しばらく黙っていた。あまりに込み入っているので、整理するのに時間がかかっているのだろう。

「つまり、こういうことか」壮貴が口を開いた。「佑紀奈ちゃんは森部のおっさんを殴って、金を盗んだ。それを久米田は目撃したけど黙っている。おまえは久米田の思いを伝える感想文を偽造して、佑紀奈ちゃんに読ませた。さらに佑紀奈ちゃんの詩集を五万円で買ってやった。佑紀奈ちゃんは改心し、盗んだ金の全額をレターパックで森部に送った――これで合ってるか？」

「完璧だ。さすが、『たくみや本舗』の跡取りだね」

「その言い方はやめろといってるだろ。それにしても、なんつー面倒臭いことに巻き込まれてるんだ。巻き込まれたというより、自分から足を突っ込んだといったほうがいいのかもしれないけど」

「いきがかり上、引っ込みがつかなくなっちゃったんだよ」

「梅大福といい、絵本といい、おまえはいつもそれだな。しかし今の話を聞いたかぎりだと、警察がおまえや柳澤さんに目を付ける理由はなさそうなんだけどな。連中、何を考えてるんだ？」壮貴は腕組みをし、首を捻った。

「まあ、俺が疑われている分には問題ないと思うんだけどさ」

「いや、そうとばかりはいえないぞ」壮貴は警戒する目つきでいった。「警察はおまえを疑ってるんじゃなくて、おまえが犯人と繋がっている可能性があることに気づいているのかもしれない。だからおまえのことを見張っている」

「繋がってるって、どうしてそんなことが警察にわかるんだよ」

「それは俺にもわかんねえよ。どっちにしろ、用心したほうがいい。佑紀奈ちゃんを社務所に出入りさせるのは、もうやめたらどうだ」

「でも絵本作りが……」

「そんなの、ほかの場所でだってできるだろう？　何がきっかけで警察が佑紀奈ちゃんに目をつけるかわからない。悪いことはいわない。場所を変えさせろ」

「わかった。考えておくよ」

「全く、よくもまあそれだけ次から次へと面倒ごとを抱え込めるもんだな」壮貴は前を向き、エンジンをかけた。

「ほんと、自分でも不思議だ」

「何、他人事みたいにいってるんだよ」壮貴はハンドブレーキを外し、アクセルペダルに足を乗せた。

二人を乗せたクルマが着いたところは、『たくみや本舗』の本店だった。隣接する大場邸と同様、江戸時代の風格を漂わせる堂々たる純和風の建築物だ。店の前でスマートフォンを構える人がいるのも頷ける。

クルマから降りると壮貴は店の裏に回った。そちらに従業員用の通用口があるらしい。

中に入ると甘い香りが漂っていた。やや薄暗い廊下を通り抜けた先がガラス張りになっていて、その向こうが作業場だった。白い服を着た十数人の従業員が台に向かって黙々と和菓子を作っている。

「ここは手作り専用の作業場だ。どら焼きとか最中の生産ラインは、ここから少し離れたところにある本社工場で作っている。あと羊羹も」

「ふうん」

玲斗も食品の生産工場で働いた経験があるが、あまりいい思い出はない。異物混入事件が起きた時には濡れ衣を着せられ、職場を移らされた。

壮貴が隣の部屋の前へ移動し、手招きした。部屋のドアが少し開いている。

「声を出すなよ。気づかれないよう、こっそり覗くんだ」

そういわれ、玲斗はドアの隙間に顔を近づけた。

中は厨房だった。白い作業着に身を包んだ者が三人いる。マスクをしてはいるが、そのうちの一人が針生冴子であることはすぐにわかった。あとの二人は男性だ。大柄なほうが、先日会った藤岡だと気づいた。

その藤岡がマスクを外し、目の前の容器に入っているものを口に入れた。じっくりと味わって呑み込んだ後、首を振った。

「だめだ。全然違う。やっぱりさっきのほうが近かった。甘みが勝ち過ぎて、梅の風味が台無しだ」

「だって、甘みを足したほうがいいって、あなたがいったんじゃない」

「僕がいってるのは、こういう甘みではなくて、梅とのバランスの話だ。砂糖の量の問題じゃないっていっていっただろ」

「じゃあ、どうしろっていうのよっ」

「それを考えているところだ。横からごちゃごちゃいうな」

「何よ、ごちゃごちゃって。意見をいってるだけじゃない」

どちらも声が尖っている。気が立っているせいだろう。

「まあまあ、落ち着いて」もう一人の男性がなだめた。「ひとつひとつ、順番に試していくしかない。一足飛びに答えを見つけようとしちゃいけないって、昨日もいったでしょ。地道に地道に」

はい、すみません、と冴子と藤岡が謝っている。

壮貴が玲斗の肩を摑んできた。立ち去ろう、ということらしい。

「まっ、あんな感じだ」通用口に向かいながら壮貴がいった。

「思ったより大変そうだな。やっぱり素人には難しいのかな」

「今更何いってるんだ。それにいっておくけど、最初はあんなもんじゃなかった。生地の作り方から餡の練り方まで、一から叩き込む必要があったからな。教えた職人たちも気合いが入ってて、まるで鬼教官だった。藤岡さんはプロの料理人なんだろ？　プライドを捨てて、よく我慢してくれてるって職人たちがいってるよ」

「そうなんだ……」

外に出るとクルマに乗る前に玲斗は壮貴のほうを向いた。

「壮貴さん、改めて感謝します。本当にありがとうございました」

壮貴は鼻の上に皺を寄せた。

「馬鹿野郎、クソ丁寧な礼なんかいらねえよ。俺は何もしてない。ちょっとばかり段取りを整えただけだ。会社の人間の説得にも、あまり苦労はしなかったしな。新商品開発のヒントも得られたし、うちは何も損をしてない」

「そういってもらえると少し気が楽になるけど……」

「大変なのは、何といってもあの二人だ。単に出来のいい和菓子を作るってだけなら、いくらでもアドバイスはできる。だけどそうじゃないからな。元哉君が記憶している味ってのは、あの二人にしかわからない。彼等にしても、相手の求めている味が自分と同じものなのかどうか今ひとつ自信が持てないらしく、さっきも見たように、しょっちゅう意見が食い違っている。見ているこっちがはらはらさせられるほどにな」

「そうだったんだ……。壮貴さんが何もいってこないから、順調に進んでるんだとばかり思ってたけど」

壮貴は顔をしかめた。

「そんなに簡単にいくわけないだろ。でも難航はしながらも、トライアンドエラーを繰り返しているうちに、あの二人の気持ちも徐々に一致してきているみたいなんだ。職人たちもいってるよ。同じ方向を目指しているっていう手応えを本人たちは感じてるはずで、もうあとひと息、ゴールは近いんじゃないかって。そう聞いたから、今日、こうしておまえを誘ったんだ」

「そうだったんだ。それを聞いて、少し安心した」

「夢の梅大福が完成するのを俺たちも楽しみにしていようぜ」壮貴はにやりと笑い、クルマのドアを開けた。

玲斗も助手席に乗り込んだ。月郷神社に戻る道を眺めながら、藤岡が冴子に連れられ、受念のために訪れた夜のことを思い出した。

クスノキから戻ってきた彼の顔つきは、その前とは全く違っていた。頬は強張り、目は真っ赤だった。

「僕をここに連れてきた理由がよくわかった」藤岡は冴子にいった。「最初は念が伝わってくる感覚に驚いた。今まで知らなかった、想像もできなかった元哉の内面が自分のことのように感じられた。奇跡だと思った。でもすぐに、重要なことはそれじゃないって気づいた。僕が思い知るべきだったのは、元哉がどんな思いで今を生きているのか、ということだった。まさかあんな――」

不意に言葉を切った藤岡は、玲斗に頭を下げた。

「申し訳ないんですが、ここから先は二人だけで話をさせてもらえませんか」

「あっ、はい……」

玲斗は社務所に入ろうとしたが、待ってください、と冴子に呼び止められた。

「だめよ。直井さんにも話を聞いてもらわないと」

「だけど……」

「この機会を作ってくださったのは直井さんよ。それに、これから私がやろうとしていることには直井さんの力が必要なんだから」

藤岡は眉間に皺を寄せ、少し黙ってから頷いた。「君がそういうのなら……」

冴子が玲斗のほうを向いた。

「あの子は知っていたんです。残されている時間が、もうあまり長くないってことを」

「えっ、残されている時間って……」

「余命です。手術をした後、先生からいわれました。二年は生きられないだろうって。そのことをこの人にもメッセージで知らせたんですけど、それを元哉が見たようです。まだ記憶障害が始まる前で、今でも覚えているみたいです」

愕然とした。元哉が玲斗の前で見せる明るい姿からは、そんな思いを抱えていることなど想像さえできなかった。

「あの絵本作りは、今の元哉にとって生き甲斐なのだと思います。自分が生きていたことの証を残したくて、懸命に励んでいるんです。そんなあの子のために、自分たちも何かしてやりたいと強く思いました」冴子は藤岡を見つめた。「梅大福の意味もわかったでしょ？　どうしてあれが思い出の食べ物なのか」

ああ、と藤岡は頷いた。

「あいつにとっての幸せの象徴なんだな。もっといろいろと楽しいところ、ハワイや東京ディズニーランドにも連れていってやったのに、一番楽しかった時間というのが、あんなしみったれた店で大福を食べたことだなんて……」

「三人が揃っていたからよ。あの子にとって、それが一番大事だった」

「どうやら、そのようだな」藤岡は目を伏せた。「僕と会っている時は、そんなことはひと言もいわないんだけどなあ」

いわないんじゃなくて、いえないのよ。あの子なりに遠慮している」

「そうだったんだな」

玲斗は躊躇いつつ、あの、と口を挟んだ。

「元哉君によれば、彼、お父さんと会った日でも、そのことを日記には書いてないそうです。楽しくなかったからじゃないかというんですけど、そうなんでしょうか？」

「いや、そんなはずはないと思うんだけど……」藤岡が口籠もった。

「それも、あの子なりの配慮なんです。久しぶりに父親と会って、心から楽しんでいると思います。帰ってきた時の顔を見ればわかります。――そうなんでしょう？」冴子が元夫に確かめた。

「僕の目にはそう見えるけどね」藤岡は遠慮がちに答えた。

「私に気を遣っているんです。日記に書き残せば、いつか私が読むことがあると思い、書かないでいるんです。そのことも受念で知りました。病気の息子にそんな気遣いをさせているなんて、母親として情けないです」涙声でいった後、冴子は改めて藤岡を見た。「梅大福を作ってやりましょう。何としてでもあの味を再現するの。そうしてできあがった梅大福を、あの子と食べるの。もちろんあなたも一緒にね」

藤岡は元妻の視線を真っ直ぐに受け止めた後、やろう、と力強く答えたのだった。

あの瞬間、元夫婦だった二人の間に絆が生まれたのだろう、と玲斗は思った。

月郷神社に着いたが壮貴はクルマから降りず、再び会社へと戻っていった。玲斗は軽ワゴンが遠ざかっていくのを最後まで見送った。梅大福が完成したら、もう一度奢らなきゃな、と思った。その際には『村尾』を何杯もおかわりできるよう、財布には多目にお金を入れておこう。


社務所に行き、はっとした。中里がいたからだ。

「中里さん……ここで何をしてるんですか」

「何をって、そりゃあ仕事だよ。遊びに来たわけじゃない」

玲斗は元哉と佑紀奈を見た。心なしか佑紀奈の顔色は良くない。

「二人に何を？」

「そんなに怖い顔をすることはないだろ」中里は苦笑した。「ちょっと捜査に協力してもらっただけだ。終わったから、もう帰るよ」

「協力って、どんな？」

「それは二人に訊いてくれ。大したことじゃないから心配しなくていい。それより、これ、すごいな」中里は壁に貼られた絵を指した。その手には白い手袋が付けられている。「この二人で絵本を作ってるそうじゃないか。びっくりした」

「若き才能の賜物です。完成したら、一冊進呈しましょうか」

「いや、それには及ばない。買わせてもらうよ」中里は白い手袋を外し、スーツの内ポケットに入れた。元哉と佑紀奈のほうを見ると、「ありがとう、参考になった」といって出ていった。

玲斗は中里の後ろ姿を見送った後、「何を訊かれた?」と元哉と佑紀奈に訊いた。

二人は顔を見合わせた。

最初に答えたのは元哉だ。「ここで何をしてるんだって訊かれました。だから、絵本を作ってるって答えました」

「ほかには?」

「タブレットを渡されました。いろんな人の画像を見て、知っている人がいるかどうかを訊かれました」

千舟への質問と同じだ。

「それで?」

「会ったことはあるかもしれないけど、病気のせいで全部忘れてるから、こんなものを見せられても無駄ですよっていいました。そしたらあのおじさんは、それでもいいからとりあえず見てくれって。だから見たけど、当然、知らない人ばかりでした。僕がそういってもおじさんは平気そうにしていたけど、たぶんがっかりしたんじゃないかな」元哉は愉快そうにいった。

玲斗は視線を佑紀奈に移した。「その画像を君も見せられたわけだね？」

「そうです。元哉君が見ている間に別のタブレットを渡されて、同じように訊かれました」

「別のタブレット？　中里さんはタブレットを二台持ってきてたわけ？」

「そうですけど……」

玲斗の脳裏に浮かんだのは中里の白い手袋だった。刑事が手袋を常に携帯している理由を知っている。証拠品を触る際、自分の指紋が付くのを防ぐためだ。

「どうかしました？」佑紀奈の目が不安そうに揺れている。

「いや、何でもない」玲斗は懸命に作り笑いで場を繕った。

その後は、いつもの土曜日と同じように過ごした。元哉と佑紀奈を見送った後は、神社の掃除をして帰路についた。

家に帰ると千舟が居間でパンフレットらしきものを眺めていた。ただいま、と玲斗は声をかけた。

「ああ、お帰りなさい」千舟は老眼鏡を外し、パンフレットを片付け始めた。「夕食の用意をしますから、着替えてきなさい。今夜は鯖の味噌煮です」

「何のパンフレットですか」玲斗はテーブルに近づいていった。

「別に大したものではありません」千舟は素っ気なくいったが、ふっと息を吐き、玲斗のほうを見た。「そうね。あなたにも見てもらったほうがいいかもしれない」

「何ですか」

千舟はパンフレットを玲斗の前に置いた。何種類かあるようだ。

玲斗は一番上のパンフレットを見て、どきりとした。介護付き有料老人ホームの文字が目に入ったからだ。

「中里警部補の話が気になってるんですか。母親が老人ホームに入ってるっていう話が」

千舟は苦笑し、かぶりを振った。

「前々から考えていたことです。それともあなたは、私が自分の今後について何も考えていないとでも思ってたの？」

「それは、あの、そんなことはないですけど……」

「年寄りには年寄りのプライドというものがあるの。なるべく人に迷惑をかけることなく余生を送りたい、というのもそのひとつ。このまま私が本格的な認知症になったら、困るのは玲斗、あなたなのよ。あなたには苦労をかけたくない。繰り返すけど、これは私のプライドの問題です」

軽度認知障害とは思えないほど整然とした言葉に、玲斗は何もいい返せなかった。黙ってパンフレットを手に取り、最初のページを見た。立派な建物と緑豊かな周辺環境の写真が載っている。紹介文には、『医療機関が併設されているので、医療ケアを受けつつ、自由な時間を楽しみながら生活できます。』とある。認知症患者の受け入れについても、『重度可』となっていた。

食堂も広くて明るいようだ。一般居室は三十平米以上あり、トイレ、浴室付きだ。しかも各部屋に納戸が設置されているらしい。

こういうところなら安心かな、と玲斗は思った。

「その施設、悪くないでしょ？」千舟がいった。「ゲストルームもあるから、来客に泊まってもらうこともできるの」

「いいですね」

「ただし、料金が問題」

「料金？」

玲斗は視線を移した。費用の欄を見て、思わず瞬きした。入居時費用は『四〇〇〇万円から七五〇〇万円』となっていた。しかも月額費用が二十万円以上する。

「結構高いですね」

「でしょう？　だから、そこは無理」千舟は別のパンフレットを手に取った。「これぐらいが妥当かなと思うんだけど」

そのパンフレットを受け取り、開いてみた。まずは料金を確認する。月額が二十万程度というのは変わらないが、何と入居時の費用は不要だった。

ただしサービス内容は、さっきのものと比べれば、かなり見劣りするものだった。介護スタッフが二十四時間常駐しているわけではなく、医療ケアは外部機関に頼っているようだ。何より居室の広さが十五平米弱というのが気になった。トイレはあるが、浴室はないようだ。

「いくらなんでも狭すぎませんか」玲斗は首を傾げながらいった。「医療体制も不十分な気がします。やっぱり、こっちがいいですよ。この『光寿の郷』っていうところが」最初のパンフレットを指した。

「そこは無理だといったでしょ」

「そうですか？　たしかに高いけど、払えないことはないでしょう？　千舟さんには十分な貯えがあるじゃないですか」

「どうしてあなたが私の貯金額を――」千舟は眉根を寄せた。「前にも同じような会話を交わしたような気がする。錯覚かしら」

「錯覚じゃないです。その時にはとぼけましたけど、俺、千舟さんの貯金について、大体の金額は知っています。あの時から少しは減っているかもしれないけど」

「あの時？」千舟は少し考える表情を示した後、合点したように首を縦に振った。「そういうことね。あなたは私の念を受け取っていたのでした。でもまさか貯金額まで伝わっていたとはねえ」

「俺がいうのも変ですけど、財産のことを一切考えずに柳澤家の理念だけを伝えるのは難しいと思います」

「どうやらそのようね。でも、それなら余計にわかるはずよ。こんなに贅沢な施設に入る余裕はないってことが」

「どうしてですか？　月額二十万円として一年で二百四十万円。あと二十年生きるとして四千八百万円」

「そんなに生きるつもりはないけど、仮にそうなった場合、入居費と合算してみなさい」

「五千万円の部屋に入ったとしたら、合わせて約一億ですね。余裕じゃないですか」

「何が余裕なものですか。あなたは大事なことを忘れていますよ。私が施設に入った後も、この家や月郷神社の維持管理が必要です。すべての費用を足し合わせると、私が死ぬより先に貯金はゼロになります。その後はどうする気ですか」

「その時はその時ってことでだめですか」

「だめです。あなた、もしかしてこの家を売ったらいいとか考えてないでしょうね」

「それは……」玲斗は返答に詰まった。図星だったからだ。

やっぱり、と千舟は睨んできた。

「だめですよ。この家を売ることは許しません。遺言書にも明記してあるので諦めなさい」

えっ、と玲斗は目を見張った。「そんなものを書いたんですか。いつの間に……」

「完全に認知症になってからでは手遅れですからね」

「わかりました。家は売りません。俺が何とかします。だから安心して、千舟さんは『光寿の郷』に入ってください」

「何とかする？　そんな根拠のない言葉を当てにできるものですか。中里警部補もいってました よ。老人ホーム選びは慎重にやらなきゃいけないって。はい、この話はこれでおしまい」千舟はパンフレットをまとめた。

「その中里警部補のことなんですけど、ちょっとお願いがあるんです」

「何ですか」

「その時の会話、聞かせてもらえませんか。録音したんでしょう？」

「しましたけど、どうして聞きたいの？」

「もしかすると中里警部補は強盗事件の真相に気づいているのかもしれません。そのことを確かめたいんです」

「真相？」千舟は不思議そうな顔をした。「何ですか、それは」

「佑紀奈ちゃんが犯人だってことです」

「ユキナちゃん？」

「元哉君と一緒に絵本を作っている女子高生です」

「その子が犯人なの？」

「そうですけど……」玲斗は語尾を濁らせた。どうやら千舟は諸々の事情を忘れているようだ と気づいたからだ。

そして千舟自身も状況を悟ったらしく、黙り込んだ。テーブルに置いてあったペン型のボイスレコーダーを取り、玲斗のほうに差し出した。

「いいんですか？」

「面倒だろうけど、何があったのか、後でゆっくりと聞かせてちょうだい。私も手帳を読み直しておきます」

「わかりました」玲斗はボイスレコーダーを受け取った。

自分の部屋に入ると、着替えるよりも先にボイスレコーダーをパソコンに繋いだ。

問題の会話は、すぐに見つかった。次のようなものだった。

（直井玲斗さんへの給料の支払いはどうしてるんですか。銀行振り込みですか。それとも現金を手渡しで？）

（給料……というものではないです。ああ見えても、あの子はまだ学生なんですよ。通信制ですけどね。どうしてそんなことをお尋ねになるの？）

（特に深い意味はありません。一緒に暮らしておられるけど、財布は別々なんだろうなと思ったまでです。差し支えがあるようでしたら、お答えにならなくても結構です）

（別に差し支えなんかないですよ。あの子には何か月かに一度、まとめてお金を渡しています。お互い、面倒ですからね）

（最近は、いつお渡しになりました？）

（さあ……三か月ほど前だったかしら）

（そういう時はやっぱり新札で？）

（そうですね。お年玉やお祝い金と同じで、やっぱり新札にしなきゃと思います）

（なるほど。いや、つまらないことばかり訊いて申し訳ありませんでした。このたびは本当に御協力ありがとうございました。これで失礼させていただきます）

（いいえ、こちらこそ何のお構いもできませんで）

玲斗はパソコンを操作し、再生を停止した。

ため息をつき、やっぱりそうか、と思った。

中里がタブレットを渡しているのは、顔写真を確認させるのが目的ではない。真の狙いは指紋採取だ。

森部を殴るのに使われた凶器はガラス製の灰皿だった。おそらくそれに指紋が残っていたのだ。その指紋と照合し、犯人を見つけようとしている。

では、千舟、元哉、佑紀奈に目をつけたのはなぜか。三人の共通点は玲斗の関係者だということだ。警察が月郷神社に来るのは、久米田が隠れていた場所だからではない。そこに玲斗がいるからだ。

では、なぜ玲斗の指紋は採られないのか。理由は明白だ。玲斗の指紋は、すでに警察にあるからだ。前に逮捕された際、採取されている。灰皿の指紋と一致しないことは、すでに確認済みなのだ。

しかし警察は、玲斗の周りに犯人がいるのは間違いないと確信している。それはなぜか。

鍵は佑紀奈に渡した一万円札だ——。


「どういうことですか。もう一度説明してちょうだい」手帳を片手に千舟が訊いてきた。

だから、といって玲斗は唇を舐め、改めて話を繰り返した。

「俺は佑紀奈ちゃんの詩集を五万円で買い取りました。彼女は現場から持ち去った百万円には手を付けていなかったけれど、森部から受け取った、あの日のバイト代二万円は使ってしまっていたんです。そこで俺が渡した詩集の代金五万円から二枚を抜き、百万円の束と共にレターパックで送ったわけです」

「そこまではわかりました。この手帳にも顚末が書いてありましたから。おかげで康作さんは釈放されたわけですね」

「それで、めでたしめでたしとなるはずだったのですが、警察は諦めていませんでした。それどころか、大きな証拠を手に入れていたんです。百万円の束と一緒に送られた二枚の一万円札です。警察は札についた指紋を分析したはずです。新札だから検出しやすかったでしょうし」

「私があなたに新札を渡したのがいけなかったというの？」

「そんなことはないです。今の科学捜査にかかれば、たとえ古い札だったとしても前科者の指紋ぐらいなら発見できたと思いますから」

「前科者？」

「俺のことです。ただ古い札だったなら、俺が触ったものが、たまたま巡り巡った可能性があります。でも新札だったので、付着している指紋は少なかった。しかもその中には、凶器となった灰皿から採取されたものと一致するものもあったんじゃないかと思うんです。だから警察は月郷神社を見張り、俺の周囲にいる人間に目を付けたわけです」

千舟はこめかみを指先で押さえ、手帳を眺めている。

夕食を終えた後、さっきの話の続きを聞かせてちょうだい、といわれたのだった。しかし事情は複雑で、説明は簡単ではない。

やっぱり理解できないのだろうか、と玲斗が不安になりかけた頃、千舟が口を開いた。

「一万円札に触れたのは三人だけ、と警察は気づいたわけですね。そのうちの一人が直井玲斗。では、あとの二人は誰か」

「いや、三人と断定することはできないと思います。札を摑む時、最低でも二本の指を使うし、何度か触れることもあるし」

千舟は首を横に振った。

「最新の科学捜査は人間工学も取り入れ、人がものを摑む時の動作を解析しています。付着している指紋から、触れたのは三人と推定することは難しくないでしょう。おまけに直井玲斗の指紋は十本すべて判明しています。あとは単純な引き算です」

そういうことか、と玲斗は納得した。軽度認知障害かと思ったら、こんなこともいいだす。千舟の頭の中がどうなっているのか、できることなら覗いてみたいと思った。

千舟は頬に手を当てた。

「どうやら、警察が佑紀奈さんに着目するのは時間の問題のようですね」

「俺もそう思います。どうしたらいいでしょうか」

すると千舟は背筋をぴんと伸ばし、瞼を閉じた。まるで瞑想を始めたかのようだ。

やがて目を開け、ひとつ頷いた。

「とりあえず、あなたは待機していなさい」

「待機……ですか」

「ほかに考えなきゃいけないことがたくさんあるでしょう？　梅大福のこととか絵本とか」

「それはそうですけど……」

「事件について警察の人から何を訊かれても、徹頭徹尾、知らぬ存ぜぬで押し通しなさい。あなたが崩れたら総崩れです」

「わかりました」

「あと、もう一つ」千舟が人差し指を立てた。「自分のことを前科者というのはやめなさい。

起訴もされていないのだから前科者ではありません。愚かな行為を反省するのは大いに結構です。でも卑屈になってはいけません。不起訴になった者の指紋がデータベースから破棄されていないのは理不尽なことなのです。本来ならば、そのことに憤らねばなりません。憤らないのは、あなたが卑屈になっているからです。覚えておきなさい。卑屈は甘えです。どうせ自分なんか、と思っているでしょう？　そう思っていたほうが気楽ですからね。でもそんな逃げが許されるほど世の中は甘くありません。クスノキの番人ならば尚のことです」

早口でまくしたてる千舟の顔を、玲斗は呆然と見つめていた。この伯母がこれほど熱く語るのを聞くのは久しぶりだった。しかし、これこそがこの人の本当の姿なのだ。

覚えておきます、と玲斗はいった。

25

中里が社務所を訪ねてきたのは、待機していなさい、と千舟にいわれた二日後の夕方だった。玲斗がパソコンに向かってレポートを書いていたら、突然ドアを開けられたのだ。

顔を上げ、大げさに眉をひそめてみせた。「ノックぐらいはしてほしいですね」

「おっと、失礼。しかし、それならドアに明記しておくべきだな。御用の方はノックしてください、とか。呼び鈴を付ける手もある」

「考えておきます」玲斗はノートパソコンを閉じた。「で、何の御用でしょうか」

「ずいぶんと冷淡だね。前はウーロン茶を振る舞ってくれたこともあったのに」

「それは気が利きませんで。今、御用意します」玲斗は椅子から腰を浮かせた。

「いや、ウーロン茶を飲みたいわけじゃない。そのまま、そのまま」中里は慌てた様子で手を振り、空いている椅子を引いた。「ここ、いいかな?」

「どうぞ」

中里は椅子に腰を下ろし、空咳をひとつしてから玲斗に顔を向けてきた。

「今日の午前中、君の伯母さん――柳澤千舟さんが警察署に現れた」

「千舟さんが?」

玲斗は驚いた。朝食を一緒に摂ったが、そんな話は全く出なかった。

「聞いてないのか?」

はい、と頷く。

中里は釈然としない様子だったが、改めて口を開いた。

「気合いの入った和服姿で、署長に話があるから会わせろ、と受付で切りだした。何の用ですかと受付係が尋ねたら、春川町で起きた強盗致傷事件のことで話がある、という。ところが受付係は新米の署員で、柳澤という名字を聞いても、何とも思わなかったらしい。おかしな婆さんが来たってことで、とっとと追い返そうとしていた。そこにたまたま居合わせたのが警務課長で、柳澤グループの元名誉顧問の顔を知っていた。すぐに署長に取り次ぎ、来客室での応接となったわけだが、柳澤さんからいわれた言葉に署長は仰天した」ひと呼吸置いてから玲斗の顔を覗き込んできた。「何といわれたと思う?」

「何といわれたんですか」

「あなた方は早川佑紀奈さんを逮捕するつもりでしょうけれど、それはしばらく思い留まっていただきたい。そのかわり、事件の真相はすべて自分が説明する――毅然とした態度でそういったらしい」

玲斗は大きく息を吸った。まさかそんなストレートな戦術に出たとは。

「署長がたまげたのは当然だ。というのは、問題の事件の被疑者として早川佑紀奈の名が挙がり、任意での取り調べを検討中っていう報告を受けたばかりだったからだ」中里は玲斗の顔をじっと見つめてきた。「どうして警察が早川佑紀奈に目をつけたか、君にわかるかな?」

「さっぱりわかりません」玲斗は即答した。何を訊かれても知らぬ存ぜぬで押し通しなさい、という千舟の言葉が脳裏にある。

「本当に?」中里は疑念の目を向けてくる。「そのわりには驚きが少ないようだが」

「十分に驚いています。驚きすぎて反応できないだけです。だって、そんなことあり得ないじゃないですか。佑紀奈ちゃんが強盗致傷事件の犯人だなんて。彼女、ふつうの女子高生ですよ。千舟さんも、どうしてそんなことをいいだしたのかな」

中里は舌なめずりをしそうな表情を浮かべた。「大抵の犯罪はふつうの人間によって引き起こされる」

「そうかもしれないけど……」

「ある重大な手がかりが見つかってね、事件の犯人は、この神社の関係者の中にいる可能性が高いと判明した。捜査員が頻繁に張り込んでいたことには君も気づいていたんじゃないか。不愉快だっただろうが、そういう事情があるからだ」

「何ですか、重大な手がかりって？」

中里は、かぶりを振った。「申し訳ないが、それはいえない」

「この神社の関係者となると、俺が真っ先に疑われるんじゃないですか」

「そうだともいえるし、そうではないともいえる。じつはもう一つ重大な手がかり、こちらは物証と表現して差し支えないんだが、そういうものがあって、それによれば君が犯行に直接関わっていないことは明らかだった」

「物証って……」

「指紋だよ」中里は顔の横で左手をひらひらさせた。「犯行に使われた凶器には指紋がいくつか付いていた。その中に直井玲斗の指紋――窃盗で逮捕されたが、初犯で年齢が若く、被害者との示談が成立していることを理由に起訴猶予となった人物の指紋はなかった」

やはり警察のデータベースには、まだ玲斗の指紋が残されていたようだ。おそらく未来永劫残されるのだろう。

憤るべき、と千舟からはいわれたが、ここで抗議する気にはなれなかった。

「そういうわけで、この神社を日頃よく訪れる人間、特に社務所に出入りする人間について徹底的にチェックすることになった。まあ要するに指紋を採取させてもらった。いや、君のいいたいことはわかる。心配しなくても、本人に無断で採った指紋がデータベースに登録されることはない。裁判の証拠として採用されることもない。あくまでも捜査に使うだけだ。これですぐに解決すると思ったが、甘かった。迂闊だったのは、犯人は男だと決めてかかっていたことだ。指紋の採取を成人男性に限定していた。被害者である森部俊彦氏の言葉を信用したわけだが、記憶が混乱していたり、意図的に虚偽の供述をしている可能性も考えるべきだった。そのせいで、ずいぶんと遠回りをした」

「元哉君たちにタブレットを使わせたのも、年齢や男女に拘わらず、指紋を片っ端から採取するためだったんですね」

玲斗の指摘に中里は顔を歪めた。

「犯人逮捕のためだ。こっちだってやりたくてやっているわけじゃない。しかしおかげで成果が出た」

「佑紀奈ちゃんの指紋が凶器に付いていたものと一致したんですか」

中里は真顔になり、ゆらゆらと首を縦に揺らした。

「率直に驚いた。まさか女子高生だとは思わなかった。とはいえ、こうなった以上、取り調べないわけにはいかない。だが強盗致傷事件の参考人として女子高生を引っ張ったとなれば、マスコミが騒ぐおそれがあった。被害者が犯人は男だったと証言していることとの矛盾も気になる。ここは慎重に行動する必要があるぞと話し合っていたところへ、柳澤千舟さんが現れたというわけだ」

「で、伯母は真相を話したんですか」

「あのぶっ飛んだ話が真相だというのなら、聞かせてもらった。内容を知りたいか？」

「もちろんです」

中里は冷めた笑いを浮かべながら玲斗を見つめた後、気を取り直すように姿勢を正した。

「柳澤さんが話した内容はこうだ。早川佑紀奈は家計を助けるため、森部俊彦氏としばしばデートをしては金銭を受け取っていた。所謂パパ活ってやつだ。ただし肉体関係はなく、一緒に食事をする程度の付き合いだった。一回のデート代は二万円。ところがある時、森部氏は料理店ではなく、早川佑紀奈を自宅に連れ込んだ。もちろん目的はひとつで、強引に性交渉に及ぼうとしたわけだ。抽斗から取り出した二万円を渡した後、突然襲いかかった。驚いた早川佑紀奈は咄嗟に近くにあった灰皿で森部氏の頭部を殴り、昏倒させた。ぴくりとも動かない森部氏を見て、殺してしまったと思い込んだ早川佑紀奈は、強盗犯の仕業に見せかけようと、逃げる前に抽斗から百万円の束を盗み出した。ところが森部氏は死んではいなかった。そのことを報道で知った早川佑紀奈は、すぐに警察が自分を捕まえに来ることを覚悟した。しかし逮捕されたのは、なぜか久米田康作という人物だった。久米田は真相を知っているはずだが、自分を庇ってくれているのだと気づいた。罪悪感に苛まれた早川佑紀奈は、盗んだ金をレターパックで森部家に送り、久米田が犯人でないことを証明しようとした――」

講談師のように流暢に話した後、中里は腕組みをし、くすくすと肩を揺らして笑った。

「作り話だとしたら、じつによく出来ていると感心するしかない。これなら森部氏が、犯人は男だったと供述した理由もよくわかる。特に俺が舌を巻いたのは、レターパックで送られた金額が百万円プラス二万円だったっていう理由だ。この二万円は何だろうと捜査本部でも問題になっていたが、説得力のある答えはとうとう出なかった。だけど柳澤さんの説なら全く矛盾がない。だが不思議なのは、それが事件の真相だとして、なぜ柳澤千舟さんが知っているのか、ということだ。それに対する柳澤さんの回答は、ある人物から聞いた、この世の不条理をすべて見届ける宿命を負った人物からの情報だ、というものだった。それが何者かは明かせない、との注釈付きでね」

中里によれば、その後の千舟の演説は以下のようなものだったらしい。

「そういうわけで事件の真犯人は早川佑紀奈さんです。あなた方としても迷宮入りは不本意でしょうから、彼女を逮捕するのは致し方ないと思います。でも、あわてる必要はないのではありませんか。逮捕したところで、強盗致傷罪で起訴するのは不可能でしょう。せいぜい窃盗と傷害。でも傷害罪が成立するかどうかは甚だ怪しいです。弁護士は正当防衛を主張するでしょうからね。むしろ森部俊彦氏が淫行や強制性交罪に問われる可能性が高いと思われます。このように、もし早川佑紀奈さんの自供を得られた場合、事件の様相はがらりと変わったものになります。その時になってから慌てるより、今のうちに事件をどのように処理するのが警察にとってベストかをじっくりと考えておいたほうが、あなた方としても都合がいいのではないですか。早川佑紀奈さんが逃走するおそれはゼロです。彼女は今、自分の夢を叶えることに青春をかけています。だからそれが一段落するまで、どうか彼女をそっとしておいてほしいのです。この通り、お願いいたします」そういって千舟は深々と頭を下げたということだった。

「正直、驚いたよ。あの人は軽度認知障害なんだろ？　前に会った時、本人がそういっていた。実際、頻繁に備忘録らしき手帳を見ていたしな。ところがそれだけの演説を、メモも見ないでしゃべり通したんだ。大したものだと思った」

「柳澤千舟さんはすごい人です」玲斗は伯母のことを敢えてフルネームで呼んだ。「それで警察としては、どんな判断を？」

「少し考えさせてくださいといって柳澤さんにはひとまず引き取ってもらった。興味深い話ではあったが、鵜呑みにするわけにはいかない。裏を取る必要がある。そこで久米田を呼び、誰かを庇っているのかと問い詰めてみた。名前こそ出さないが、さりげなく早川佑紀奈のことを仄めかしたりしてね。奴は否定したが、その態度から嘘をついているのは明白だった。そこで署長や刑事課長たちと相談し、しばらく様子を見ようということになった。我々だって前途のある若者の邪魔をしたいわけじゃない。それに森部氏は地元の実力者で、警視庁の上層部にも知り合いがいる。柳澤さんが見抜いたように、事件をどのように処理するのが警察にとって最良か、検討する時間がいるというわけだ。ただ、捜査の現場責任者としては、どうしても確認しておきたいことがあった。そこでこうしてやってきたというわけだ」

「俺に何を確認したいんですか」

「柳澤さんがいった、この世の不条理をすべて見届ける宿命を負った人物とは誰か、だ。それは若きクスノキの番人、つまり君だ。そうだろう？」

「どうして俺なんですか」

「柳澤千舟さんが披露した話はリアリティがあり、論理的だ。おそらく事実に近いのだろう。そんな情報をどうやって得られるか。申し訳ないが、柳澤さんのスピリチュアルな説明で納得するわけにはいかない。俺が出した答えはひとつ。早川佑紀奈が告白したんだ。しかし彼女と柳澤千舟さんとは直接の繋がりはない。二人を繋ぐ人物は、ただ一人」中里は人差し指を立て、さらにその指先を玲斗に向けてきた。「早川佑紀奈は自分のやったことを君に告白した。そうなんだろ？」

玲斗は困惑した。中里の推理は微妙に的中していて、同時に微妙に的外れでもある。どのように説明すればいいのか。

「ひとつ、教えてください。犯人がこの神社の関係者……というより、俺と繋がりのある人間だと断定した理由は何なんですか」

中里の眉が上がり、額に皺が寄った。

「さあ、何だろうね。推理してみてくれ」

「指紋……ですか。レターパックで送られてきた一万円札に付いていた指紋……」

中里は嬉しそうに破顔した。

「やっぱり君は頭がいい。その通りだ。百万円の束のほかに二枚の一万円札が添えられていたが、その二枚から君の指紋が見つかった」

玲斗はため息をついた。「これからは手袋をつけて生活したほうがいいのかな」

「後ろめたいことがないなら、そんな必要はないだろ?」中里は、にやにやした。「君は事件の真相を知っているね?」

「そうだとしたら、どうなんですか」

まずい対応だとわかりながら玲斗は口に出していた。

中里の顔が俄に柔らかくなった。

「あの若い二人にいっておいてくれ。例の絵本が完成するのを楽しみにしている刑事がいるってな」

思いがけない言葉に当惑し、玲斗は返す言葉が出なかった。その反応に満足したのか、中里はにやりと笑って腰を上げた。じゃあまた、と出口に向かいかけたが、足を止めて振り返った。『ジェーン・エア』を知ってるか？　イギリスの小説だ」

「いえ、知りません」

そうだろうな、と中里は頷いた。

「俺のお袋が施設に入ったのは、ちょうど十年前だ。その三年ほど前から認知症がひどくなっていった。本人も苦しんでいた。何とか進行するのを止めようと思ったんだろうな。そのために『ジェーン・エア』の原文を暗唱しようとしていた。お袋は中学で英語を教えていたんだ。最初の頃は見事だった。俺に本を渡して、合ってるかどうかを確かめてくれっていうんだけど、二十ページぐらいまでは全く間違えずに暗唱できていた。それが少しずつページ数が減ってきたと思ったら、ある日、小説の出だしを思い出せなくなっていた。余程ショックだったんだろうな。その後、暗唱はしなくなった。それから間もなくだったんじゃないかな。俺の顔を見て、どちらさまですかって訊いてきたのは」

まるで楽しい思い出話を語るような軽い口調だったが、それが余計に事態の深刻さを伝えてくるようだった。聞いている玲斗の心も重たくなった。

「お母さんには時々会いにいかれてるんですか」

いいや、と中里は首を振った。

「しばらく行ってないな。俺が誰なのかわからないんだから意味がないと思ってね」

「そうなんですか」

「今日の柳澤千舟さんの演説は見事だった。だけど明日も同じようにできるとは――」

「わかっています」玲斗は相手の言葉を遮っていった。「大丈夫です。覚悟はできていますから」

「……そうか。それならいい」中里は頷き、再び出口に向かった。


玲斗の報告を聞いても千舟の表情はあまり変わらなかった。

「そうですか。警察は猶予してくれることになりましたか。それはよかったです」すました顔で野菜の炊き合わせに箸を伸ばしている。

「知らぬ存ぜぬで押し通せといわれてましたけど、できませんでした。申し訳ありません」

玲斗は茶碗と箸を両手に持ったままで頭を下げた。

「まあ、仕方がないでしょうね。おそらく中里警部補は、あなたのところへ行くだろうと思いましたし」

「だったら事前にいっておいてくださいよ。狼狽えちゃいました」

「その程度の機転を利かせるのはクスノキの番人として当然のことです」

玲斗は首をすくめ、茄子を口に入れた。

「ところで施設は決まったんですか」

「施設？」

「老人ホームのことですけど」

千舟の動きが止まった。不安げに瞳を揺らすと、箸を置き、傍らに置いてある手帳を取った。ページをめくり、玲斗の質問を理解する手がかりを捜している。その様子は迷子になった幼子のように弱々しい。

千舟が手帳から顔を上げた。

「そうね、老人ホームのことも考えなきゃ。集めたパンフレット、どこに置いたのかしら」

「そこの棚にしまっておられました」玲斗は壁際の小さな茶簞笥を示した。

「そう……。じゃあ、後で見てみるとしましょう。どんな施設があるのかしらね」

どうやら、前にパンフレットを見た時の記憶は欠落しているようだ。玲斗とのやりとりもメモしていないらしい。

「あのう」

「何ですか」

「千舟さんは『光寿の郷』という施設を気に入っておられたようです。俺も、そこがいいと思いました」

「『光寿の郷』ね。覚えておきます」

千舟は手帳を置き、箸を取った。

26

パイプ椅子に腰を下ろし、玲斗は社務所の壁を眺めた。二十枚以上の絵が貼られている。それぞれの絵の下には、文字をプリントした紙がある。そこに書かれているのは、いうまでもなく絵本のストーリーだ。佑紀奈と元哉によれば、これで全体の九割らしい。だったら残すところはあと一割、間もなく完成じゃないかと思うのだが、そう甘いものではないのだと二人はいう。

クスノキの女神が少年にどんな未来を見せるのか——結末部分で彼等はまだ悩んでいた。あまりにアイデアが出ないので、女神は未来を見せられる、という設定自体を変えることも佑紀奈は考えたようだ。しかし試行錯誤の末、結局この設定以外にはないという結論に達し、再びスタートラインに戻って案を練っているという状況だ。

背後で引き戸の開く音が聞こえた。振り返ると元哉が入り口に立っていた。

「直井さん……ですよね」遠慮がちに尋ねてくる。やりとりに慣れるまでは言葉遣いが丁寧なのは、初めてここへ来た時から変わらない。

やあ、と玲斗は笑いかけた。

元哉は社務所に入ってくると、壁の絵を見上げた。

「この段階で止まって、もう一か月ぐらいになるみたいですね」

自分たちがやっていることに対し、他人事のような口調になるのも相変わらずだ。

「物語を作るってのは難しいものなんだな」玲斗はいった。こちらは本当に他人事だから気楽なものだ。

「どんな結末になるのかは佑紀奈さん次第だけど、日記を読んでみると、僕もそれなりにアイデアを出しているみたいですね」

「それなりどころか、かなり積極的だ。激論になることだってある」

元哉は苦笑しながら椅子に腰を下ろした。

「生意気ですよね、記憶障害のくせに」

「絵本を作っている時の君から障害を感じたことは一度もない。大したものだといつも感心している」

ははは、と元哉は乾いた笑い声をあげた。

「いつかの日記に書いてあった。直井さんはおだて上手だって」

「そんなことないぞ。本気でいってるんだ」

元哉はさらに反論しそうな表情を示したが、ふっと肩の力を抜く気配があった。

「日記には、こうも書いてある。直井さんは恩人だって。生きている意味を教えてくれた」

あまりに重たい言葉に玲斗は狼狽した。

「おいおい、勘弁してくれ。そんなことをいわれたら、もう馬鹿なところを見せられなくなるじゃないか。立ちションもできない」

元哉は穏やかな笑みを浮かべ、改めて壁の絵に視線を向けた。

「未来……か。佑紀奈さん、少年にどんな未来を見せることにするのかな」

そう呟いた直後、こんこんと窓ガラスを叩く音が聞こえた。窓の向こうに佑紀奈の姿があったので、玲斗は引き戸を指差した。

戸を開けて佑紀奈が入ってきて、こんにちは、と柔らかく挨拶した。

「相棒がお待ちかねだ」玲斗は椅子を勧めた。

「こんにちは」元哉がぺこりと頭を下げた。佑紀奈を見上げる目は眩しげだ。

玲斗は冷蔵庫からコーラとウーロン茶のペットボトルを出し、二つのグラスと共にテーブルに置いた。時計を見ると午後一時を少し過ぎている。

どうぞごゆっくり、と二人に声をかけ、玲斗は社務所を出た。

境内の途中まで歩き、スマートフォンを取り出した。電話をかけると、はい、とすぐに冴子の声で応答があった。

「二人は今、社務所にいます」

「わかりました。これから伺います」

電話を切り、玲斗は鳥居の下まで歩いていった。すると階段を上がってくる三人の男女の姿が見えた。冴子と藤岡、そして大場壮貴だ。藤岡は四角い箱を抱えている。

三人が着くと玲斗は一礼した。「お疲れ様です」

「直井さん、このたびはいろいろとありがとうございました」冴子がいった。

玲斗は藤岡が抱えている箱に目を向けた。「それが？」

藤岡が箱の蓋を開けた。「どうにかこうにか、完成させられました」

箱の中には四つの大福が入っていた。白い生地に翡翠のような薄い緑が透けている。梅の甘露煮だろう。

「あの味……なんですね」

「そのはずです」藤岡は丁寧に蓋を閉じ、冴子と顔を見合わせた。「二人で何度も確認しました」

冴子も頷いた。「大丈夫だと思います」遠慮がちだが、自信のある口ぶりに聞こえた。

「じゃあ、持っていってやってください。驚くだろうけど、きっと喜ぶと思います」

はい、と冴子が答え、藤岡に頷きかけた。では、といって藤岡が歩きだす。冴子も彼に続いた。

二人を見送った後、玲斗は壮貴のほうを向いた。

「壮貴さん、本当に感謝します。壮貴さんの助けがなかったら、こんなことはできなかった。

針生さんや藤岡さんからも御礼をいわれたと思うけど、俺からもいわせてください。ありがとうございました」頭を下げた。

「そういうのはいらないって前にもいっただろ。しまいに怒るぞ。もうやめろって」

本気で怒っているような声を聞き、玲斗は顔を上げた。だが壮貴は苦笑していた。

「それに喜ぶのはまだ早いぜ。あの二人は梅大福の出来に満足しているみたいだが、元哉君を納得させられるかどうかはわからない。意気揚々と社務所に入っていったのはいいが、出てくる時にはがっくりと肩を落としてるっていう可能性だってある」

その言葉を聞き、玲斗は思わず唇を歪めた。

「そんなことになったら、どうしたらいいんだろう」

「どうするもこうするもない。もう一度、やり直すしかないだろうな」

玲斗は頭を抱えた。「考えたくない展開だ」

「だけど、俺は大丈夫だと思っている」壮貴の口調からは自信が窺えた。

「そう？」

壮貴は大きく頷いた。「何しろあの二人、北海道まで行ったんだぜ」

「北海道？　何のために？」

「鍵は餡だった」

「餡って大福の？」

「当たり前だ。どうしても思ったような甘みが出せなかったんだけど、もしかしたら砂糖じゃなく蜂蜜を使っていたのかもしれないって藤岡さんがいいだした。そこで蜂蜜を試したところ、一気に目指す味に近づいたらしい。だけど正解には今一歩届かない。蜂蜜といっても、いろいろな種類があるからな。メーカーによっても違う。そこで二人はどうしたと思う？」

「わからない。何をしたんだ？」

「例の『甘味処やまだ』について調べた。店があった場所の周辺を、店主たちについて尋ねて回った。刑事みたいに聞き込みをしたわけだ。そうしてついに、店主夫妻が北海道の出身で、和菓子の材料の多くを北海道から仕入れていたことを突き止めた。そこで二人は北海道産の蜂蜜を扱っている会社に、『甘味処やまだ』に卸したことがないかを問い合わせた。するとばっちり記録が残っていて、定期的に蕎麦蜂蜜を卸していたことが判明した。答えは蕎麦蜂蜜だったんだ」

「へえ」そういう蜂蜜があることさえ玲斗は知らなかったが、そんなことはこの際どうでもよかった。「やったじゃん。それを使えばいいんだ」

「ところが話はそう簡単じゃなかった。その会社では、もうその蜂蜜を取り扱っていなかったんだ。出荷数が少なくなっていたからだけど、今も工場はあるということだった。そこで二人は現物を入手するため、北海道まで出向いた。そうしてようやく手に入れた蕎麦蜂蜜を使って餡を作ったところ、見事に『甘味処やまだ』の味が再現できたというわけだ」

すごい、といって玲斗は頭を振った。

「あの梅大福が完成するまでには、そんな大変な苦労があったんだなあ」

「たぶんほかにも苦労はたくさんあったはずだ。和菓子は奥が深いからな。でも二人は弱音を吐かなかったし、息もばっちり合ってた。やっぱり元夫婦だなって感心したよ」

「それは元夫婦だからじゃなくて、どちらも元哉君の親だからだ。何としてでも息子に思い出の味を与えたいという気持ちが、二人の心を一つにしたんだと思う」

「ああ、そうかもしれないな。自分たちのためだけなら、あそこまではがんばれなかったかもな」

玲斗は社務所のほうを見た。「どうなってるのかな……」

「ちょっと覗いてみようぜ」壮貴が歩きだした。

二人で社務所に近づいていった。ラッキーなことにカーテンが開放されていた。遠くから窓越しに中の様子を窺うと、手前に冴子と藤岡の背中があり、その向こうに元哉と佑紀奈の笑っている姿が見えた。

彼等に気づかれる前に玲斗たちは社務所から離れた。

「どうやら、うまくいったみたいだな」壮貴がいった。

「うん、安心した」

「ところで、どうして佑紀奈ちゃんも一緒なんだ？　梅大福は親子三人だけで食べるんだと思ってたんだけどな」

「理由は二つある。彼女が絵本の共同制作者だというのが一つ。もう一つは本人の希望」

「本人って？」

「元哉君に決まってるじゃん」玲斗は笑みを浮かべながらいった。「御両親は受念して知ったそうだよ。今、元哉君が一番一緒にいたい相手は誰なのかってことをね。残念ながら自分たちではなかったといって笑っておられたよ」

「なるほどね。そいつはいいや。じゃあ大いに納得したところで、俺たちは一杯やりにいくとするか」

「今から？　まだ昼間だけど」

「いいじゃないか。祝杯に時間帯なんか関係ねえよ。ところでいっておくけど――」

「わかってる。奢るよ。『村尾』でも『森伊蔵』でも好きなだけ飲んでくれ」

「ああ、遠慮なんかしねえよ」

二人で鳥居をくぐり、階段を下り始めた。

27

［明日の僕へ］

今日、月郷神社で二つの奇跡が起きた。一つ目はお父さんとお母さんがやってきたこと。僕の誕生日が近いので、お祝いに来てくれたのだ。二人が並んでいるのを見るのはいつ以来だろう。

奇跡の二つ目はプレゼント。二人が僕にくれたものを見て、驚いた。

あの大福だった。中に青い梅の入っている大福だ。

びっくりした。本当に作れるとは思っていなかった。

先月の日記に、僕がクスノキの中に入り、祈ったことが書いてあった。あのクスノキには不思議な力があって、頭の中にあることを家族に伝えられるからだ。

あの夜、僕は大福の味をクスノキに預けたらしい。それをお母さんが受け取って、梅大福を再現してくれるというのだ。

ただし直井さんは、そのことを日記に書かないほうがいいといったらしい。できるかどうかわからず、期待してがっかりするのは嫌だろうから、というわけだ。

でもその夜の僕は直井さんのアドバイスには従わず、その出来事を書いていた。

その気持ちは、今日の僕にもよくわかる。

お母さんがあの大福を作ろうとしてくれている。それだけで十分にうれしかった。そのことを明日の僕にも教えてやりたかったんだと思う。

だけど期待はしていなかった。簡単にはいかないだろうと諦めていた。

ところが大福は完成した。しかもお父さんも協力したと聞き、泣きそうになった。

食べてみて、さらに驚いた。あの大福だった。昔、三人で食べた大福の味だった。

もう我慢できなかった。僕は泣いてしまった。お母さんも泣いていた。隣を見たら、佑紀奈さんも泣いていた。

幸せだ、と僕は思った。もうほかには何もいらないと思った。

その時、僕は急に気がついた。

未来なんていらない。この先、何が起きるかなんてどうでもいい。知らなくていい。

大事なのは今だ。

そのことを僕は佑紀奈さんにもいった。佑紀奈さんは驚いていたけれど、そうかもしれないね、といってくれた。

28

もしあなたが過去に戻れるとして、昭和初期の日本の経済政策について提案できることを述べよ――。

設問を読み、何だこれは、と玲斗は首を傾げた。なぜ昭和初期なのか。

そういえば先日のリモート講義で、そんな話が出ていた。軍国主義の影響がどうとか、という内容だった。一応ノートは取ったが、内容は今ひとつわからなかった。あのノートを読み返すしかないのか。しかし読んだところで理解できるだろうか。

金曜日の午後、玲斗は社務所でパソコンに向かっていた。といっても先程からずっと、ほぼ白紙のテキスト画面を眺めて唸っているだけだ。『経済政策学』は必修科目なのだが、出てくる言葉が難しすぎて、教科書を読むだけで精一杯だ。そんな有様なのにレポートの提出期限が迫っている。しかも、昭和初期の日本の経済政策について、だと？　知るかよ、そんなもの、と放り出したくなる。

パソコンを睨んでいただけなのに、やたらと肩が凝った。両腕を挙げ、背筋を伸ばそうとしたところで傍らに置いたスマートフォンに着信があった。この苦痛な時間から抜け出せるなら誰からの電話だって大歓迎だ。即座に手に取った。

表示を見れば針生元哉からだった。少し驚いた。彼から電話がかかってきたのはたぶん初めてだ。

電話を繋ぎ、こんにちは、と挨拶した。「直井です」

「あ……あの、僕は針生元哉で、ええと、僕のことは知ってますよね？」

「よく知っている。君も俺のことは知っているよね？」

「はい。先週の土曜日にも会ったみたいですね」

「君の御両親がいらっしゃった時だ。梅大福を持って」

はい、と元哉が小声で返事をした。

「いろいろとお世話になりました。全部直井さんのおかげだって、両親もいってました」

「いいよ、そんな改まってお礼をいってくれなくても。もしかして、そのためにわざわざ電話してきたのか？」

「お礼をいわなきゃと思ってました。でも、それだけじゃないです。じつはお願いしたいことがあるんです。あの、これからそちらに行ってもいいですか」

「お願い？　絵本のこと？」

「絵本……も関係があるかもしれない」

「かもしれない……か」

どうやら電話ですませられる内容ではなさそうだ。

いいよ、と答えた。「社務所にいるから、いつでも来てくれていい」

「ありがとうございます。では、後ほど伺います。お忙しいところを失礼しました」元哉は電話を切った。何度も会っているが、彼にはその記憶がない。電話だと、さらに口調が硬くなるようだ。

それから約三十分後に元哉がやってきた。玲斗を見て、懐かしそうな目をした。顔だけは記憶に残っているからだろう。

「まず最初に直井さんに謝らなきゃいけないことがあります」元哉は社務所のテーブルにつくと神妙な顔つきでいった。

「へえ、そうなのか。何だろう？」

「僕、直井さんとの約束を破りました」

「約束？　どんな？」玲斗は首を捻った。本当に思いつかなかった。

「クスノキのことです。母に大福の味を伝えるため、クスノキに祈念した夜のこと、直井さんは日記には書かないほうがいいっていったんでしょ？　でも僕、やっぱり書いていたんです。たぶん大福は完成しないだろうけど、作ろうとしてくれた母の気持ちが嬉しくて、それをどうしても明日の自分に教えてやりたいって書いてありました。このまま忘れてしまうのは母に対しても申し訳ないと思った、とも」

「なんだよ、そんなことか」

玲斗は、申し訳なさそうに肩をすぼめている少年に笑いかけた。

「俺に謝る必要なんてない。日記に書いてあったのならわかっているだろうけど、もし梅大福が作れなかった時のことを考えていっただけだ。でも実際には見事に完成した。お父さんの協力まで得られたんだから、万々歳じゃないか」

「はい。父まで来てくれたと知って、びっくりしました。それだけじゃなくて、大福作りを手伝ってたなんて、未だに信じられないです。先週土曜日の日記を読んで、感激しました。両親と一緒に梅大福を食べた時の気持ちを想像すると、その日の自分が羨ましくなります。日記に記録はしてあるけど、今の僕には記憶がありませんから。それがとても残念です」

元哉の言葉は真に迫っていた。玲斗は黙って頷くしかない。あの日は佑紀奈ちゃんも一緒にいたしな、と胸の内で呟いた。

「それで思いついたことがあるんです。だったら、そういう時にこそクスノキの力を借りたらいいんじゃないだろうかって」

「クスノキの力を？　どんなふうに？」

玲斗が訊くと、元哉は妙案を聞いてくれとばかりに鼻を膨らませた。

「今後、もし同じような素晴らしい出来事があったら、その時にはすぐにクスノキに入って、頭の中にあることを全部預念しようと思ったんです。そうすれば、忘れてしまったとしても、クスノキに入って受念したら、またその思い出を取り出せるじゃないですか」

「あっ、なるほど」

それはたしかに名案だった。今まで思いつかなかったのが不思議なぐらいだ。

「いいアイデアでしょ？」

「そうだね。ただし、ひとつだけ問題がある。クスノキに預念するにはタイミングを合わせなきゃならない。新月の日とその前後二日ぐらいだ。でも素晴らしいサプライズが、その間に起きてくれるという保証はない」

「わかっています。だから、もし思い出に残したいような素敵な出来事があったら、すぐに直井さんに連絡して、いつなら預念できそうか尋ねようと思います。その夜が来るまで、がんばって眠らないようにしますから」

えっ、と玲斗は目を剝いた。「それは無茶だ」

「でも眠ったら、記憶が消えてしまうから……」

「それは知ってるけど、眠らないなんて身体に悪いよ。二、三日なら、もしかしたら大丈夫かもしれないけど、新月が一週間先なんてことだったりしたらどうする？」

「その場合でも眠らないよう精一杯我慢して、限界が来たらとりあえず預念しに来ます。新月がまだ先だとしても、諦めきれないので。もしかしたら少しはクスノキに念が届くかもしれないでしょ？」

「そうするしかないのかな」玲斗は考えを巡らせた。ほかにもっといい方法はないものだろうか。

「そういうわけで、急遽祈念をお願いするかもしれません。そのことを頼みたくて、今日、連絡したんです」

「わかった。急な依頼に対応できるよう、敢えて予約を入れない日を設けることもあるんだ。なるべく、そういう日を作っておくことにするよ」

「すみません、よろしくお願いします」元哉は頭を下げた。いつもなら話しているうちに言葉遣いがくだけてくるのだが、今日はいつまでも口調が丁寧だ。

「ところで絵本作りはどう？　明日、土曜日だけど」

「何とかなると思います」そういって元哉は頷いた。

少年の顔を見て、おやと思った。ほんの少し前までは行き詰まった様子だったのに、今の表情からは自信が感じられる。

「いよいよ、壁を突破できそうなのか」

「まだわかりませんけど、先週、佑紀奈さんと話し合ったことがあるんです。たぶん明日、佑紀奈さんは新しいストーリーを考えてきてくれるんじゃないかと思います」

「そうなんだ。それはよかった。完成まで、あとわずかってわけか」

「ようやくできあがりそうです。最後の絵を描くのが、今から楽しみです。ちょっと寂しいような気もするんだけど……」元哉は、はにかむように笑みを浮かべた。

その表情から、元哉の言葉遣いが微妙に変わった理由が玲斗にわかった。

少年は大人に一歩近づいているのだ。

夜になると、玲斗は柳澤家に帰宅した。居間の戸を開け、ただいま、と台所のほうに声をかけた。ところが返事がない。この時間なら、夕食の準備が佳境に入っているはずなのだが。

台所を覗いたところ、千舟の姿はなかった。手洗いなどでもなさそうだ。何かを調理している気配が全くないのだ。

流し台の上にスーパーのレジ袋が置いたままになっていた。中を見ると、大根や魚の切り身などが入っている。魚はブリだ。レシートが横にあったので見てみると、今日の夕方の時刻が印字されていた。買い物から帰ってきてそのまま、ということか。

玲斗は千舟の寝室に向かった。部屋の前に立つと、千舟さん、と呼びかけた。

「玲斗です。ただいま帰りました。千舟さん、いらっしゃいますか？」

だが返事がない。玲斗は、そっと戸を開けた。

明かりが点いておらず、室内は暗かった。だが布団が敷かれているのはわかった。千舟が横になっていると思われた。

千舟さん、と改めて声をかけた。

掛け布団の膨らみが動き、枕元から千舟が首をもたげた。

「ああ、玲斗……」かすれ気味の声が弱々しい。「どうかしたの？」

「台所にいらっしゃらないから気になって……。具合でも悪いんですか」

「台所？　今、何時？」

「七時過ぎですけど」

「夜の七時……よねえ？」

「そうです」

大変、といって千舟は身体を起こした。「夕飯の支度をしないと」

「もう遅いから、デリバリーで何か注文しませんか」

「デリバリーって出前のことでしょ？　そんな勿体ない。すぐに作ります」千舟は布団から出て、ブラウスの上からカーディガンを羽織った。

玲斗は自分の部屋に向かいながら安堵していた。どうやら大したことではなさそうだ。たぶん買い物から帰ってきて、少し疲れたので横になったところ、そのままうたた寝してしまったのだろう。

部屋着に替えて居間に行った。ところが、台所から調理をしている物音が聞こえてこない。変だなと思って様子を窺うと、千舟はレジ袋の中をじっと見つめていた。

「どうしたんですか」

千舟が、ゆっくりと玲斗のほうに顔を向けた。

「これ、あなたが買ってきたんじゃないわよね？」

ぎくり、とした。

「はい、俺じゃないです……」

「そう……。私が買ってきたのよね、やっぱり」

「覚えてないんですか」

ええ、と千舟は力なく頷いた。「全然記憶にない」

「材料から想像するとブリ大根を作ろうと思ったみたいですね」

「そのようね。だったら、作らないと」

千舟はレジ袋に入っていたものを取り出し、調理台に並べた。だがその手を不意に止めると放心したように視線を彷徨わせた。

「どうしました？」

千舟は、全身を揺らすようにゆらゆらと首を振った。

「わからない。ブリ大根って、どうやって作ればいいのか思い出せない」そういうなり崩れるように床にしゃがみこんだ。

玲斗はあわてて駆け寄った。「大丈夫ですか？」

千舟は額に手を当て、何度か大きく呼吸をした。

「さっきも同じことをした気がする……」

「さっき？」

「料理しようとして、何もできなくて、苦しくなって部屋に行って……」

そういうことか、と玲斗は合点した。混乱し、布団で横になり、そのまま眠ってしまったのだろう。

「あっちに行って、少し休みましょう」

玲斗は千舟を立たせ、身体を支えながら居間に移動した。

椅子に座ると千舟は肩を落とし、深いため息をついた。

「情けないわね。料理なんて頭を使わずにできると思ってたけど、認知症になったらできなくなっちゃうのね」

「千舟さんはＭＣＩです。認知症じゃありません」

千舟は顔を上げ、寂しげに微笑んだ。

「ごめんなさいね。もうすっかり役立たずの婆さんね。あなたにとって邪魔者でしかない。早く何とかしないと」

「そんなことといわないでください。まだ大丈夫です」

「まだってことは、いずれ大丈夫じゃない日が来るってことよね。そしてそれは明日かもしれない。そうでしょ？」

玲斗が返答に詰まると、ごめんなさい、と千舟は詫びた。

「こんなことをいわれても困るわよね。玲斗、あなた、おなかがすいたでしょう？　出前を頼んでちょうだい」

「千舟さんは何が食べたいですか」

「私は何でもいいの。あなたの食べたいものを注文してちょうだい」

玲斗はポケットからスマートフォンを出した。デリバリーの候補ならいくつかある。だが横で項垂れている千舟の姿を目の端で捉えると、別の考えが浮かんできた。

「千舟さんはブリ大根が食べたかったんですよね？　だったら、ブリ大根にしませんか」

千舟がゆっくりと顔を上げた。「そんなもの、注文できるの？」

「そうじゃなくて作るんです。今から作りましょう」

千舟は苦しげに顔を歪めた。「だから作れないといってるじゃない」

「作り方を忘れただけでしょ？　だったら調べればいい。ネットを使えば一発です。俺も手伝います」玲斗は立ち上がり、千舟の後ろに回った。「さあ、早く」

「ちょっと待って。そんなこといったって、どうしたらいいのか……」

「俺だってわかりません。だから一緒に勉強するんです。とにかく台所に戻りましょう」

台所に行くとスマートフォンを使い、ブリ大根のレシピを調べた。たくさん出てきたが、一番手っ取り早そうなものを選んだ。

「俺は大根とブリを引き受けますから、千舟さんは煮汁をお願いします。水と醤油と酒と砂糖を混ぜるだけのようです。それぞれの量は、この通りです」スマートフォンに材料のページを表示させ、調理台の脇に置いた。

「別に私はブリ大根じゃなくても……」

「いいえ、ブリ大根です。俺が食べたいんです。作りましょう」

千舟は逡巡する顔つきでスマートフォンの画面を覗いた後、流し台の横の棚を開いた。中には調味料が並んでいた。

「よかった。調味料の場所は忘れてなかったみたい」

「だからいったでしょ、まだ大丈夫だって」

スマートフォンの画面を見ながら千舟は作業を始めた。その手つきはいつもの彼女とはまるで違い、ぎこちなかった。初めて科学実験に挑む小学生のようだった。

約一時間後、ブリ大根が完成した。ご飯も炊き上がっていた。

食卓で向き合って食べた。千舟はひとくち食べ、美味しい、といって目を輝かせた。

「いつも作るブリ大根とは味が少し違うけど、とても美味しいわね。こっちのほうが美味しいかもしれないと思うぐらい」

「うまくいってよかったです」

「あなた、切った大根を煮る前に電子レンジにかけてたわね」

「あのほうが火の通りが早くなるそうです」

千舟は大根を箸で切り、吐息を漏らした。

「本当に柔らかい……。そんなテクニック、全然知りませんでした。皮肉なものね。作り方を忘れたおかげで、結果的にもっと美味しいものを手軽に食べられるなんて。そう考えたら、いろいろなことを忘れていくのも、そんなに悪いことじゃないかもしれないって気がする。どうせ大したことは覚えていないわけだから」

自虐的な笑みを浮かべて口にした言葉が本心でないことは明らかだった。玲斗は同意も反論もしないでおいた。

「ところで、クスノキについて教えてほしいことがあるんですけど」

「何ですか」

「預念したことを自分が受念してもいいんですか」

千舟は怪訝そうに眉根を寄せた。

「自分の念を自分で受け取る……何のために？」

「思い出を保存しておくためです。何か素晴らしい出来事があった時、クスノキに預念しておけば、もし忘れちゃったとしても、受念によっていつでも新鮮な記憶を取り戻せるじゃないですか」

千舟は箸を置き、神妙な顔を玲斗に向けてきた。

「それは、私のために考えてくれたことなのかしら？　私の頭が少しでもまともなうちにクスノキに預念させ、本格的にぼけたら受念させて記憶を取り戻させようというわけ？」

「いや、あの、そうではなくて、元哉君について考えていたら思いついたことで……」

「元哉君？」

「針生元哉君――眠ったら記憶が消える少年です」

思い出したらしく、ああ、と千舟は頷いた。

「どうでしょうか。そういうことって、可能ですか？」

「できるかどうかということでしたら、できる、ということになります」

「やっぱり」玲斗は思わず表情を崩した。

「ただし、一回だけです」

「一回だけ？」

「クスノキに預けた念は半永久的に残ります。ただし例外が二つあります。ひとつは同じ人間が預念した場合で、念は新しいものに更新されます。今の言い方でいえばアップデート、ということになるのかしら。もう一つは当人が受念した場合で、その念はクスノキから完全に消失します。その後は誰も受念できません」

「そうなんだ……」

「だから、その方法を使って思い出を取り戻したとしても、一度きりです。二度目はありません。禁じ手とはいいませんが、もし敢行するのならば、そのことだけは肝に銘じておきなさい。それが番人の務めです」弟子に教え諭す表情でそういい、千舟は箸を取り、大根を器用に挟んだ。

29

翌日、社務所にやってきた元哉に、玲斗は千舟から聞いたことを話した。

「そういうわけで、素敵な思い出を預念したとしても、何度も受念するのは無理らしい。いいアイデアだと思ったんだけど」

元哉は残念そうに顔をしかめたが、さほど落胆している様子ではなかった。

「やっぱり、甘くはなかったですね。日記を読んで、素敵なアイデアだと僕も思ったんです。そんなことができるならいいなあって。でも、一回は受念できるんですよね」

「それは可能らしいけど」

「だったら、それでもいいです。大事な思い出をクスノキに預けてあって、その気になったらいつでも取り出せる——そのことを知っているだけでも嬉しいから。直井さん、もし何かいいことがあったなら、その時にはよろしくお願いします」

「ああ、それはもちろんいいよ」

それから間もなく佑紀奈が現れた。こんにちは、といって社務所に入ってきた彼女の表情は、いつになく硬かった。

「ストーリー、決まった？」元哉が尋ねた。

うん、と佑紀奈は頷いた。「聞いてもらえる？」

「もちろんっ」

どうやら自分はいないほうがよさそうだ、と玲斗は判断した。飲み物の用意をすると、掃除道具を手にして社務所を後にした。

二時間ほどかけて境内をしっかりと掃除した後、社務所に戻った。二人が絵本作りに没頭しているようなら邪魔をしないように出ていくつもりだったが、玲斗の顔を見て、グッド・タイミング、と元哉が声を上げた。

「えっ、何？」

「今、直井さんを呼びに行こうと話していたところなんです」佑紀奈がいった。「絵本のストーリー、ようやくできあがりました。最後の絵を元哉君がスケッチしてくれたので、来週には完成すると思います」

「マジで？　すごいじゃん」

「それで、仕上げる前に直井さんに読んでもらおうってことになったんです。客観的な意見も聞きたいし」

「俺に？　いや、そんなの無理無理」玲斗は手を振った。「俺なんかには荷が重すぎる。意見なんてできない。誰かほかの人に頼んでよ」

「読んでくれるだけでいいんです」元哉がいった。「直井さんに読んでもらいたいんです。お願いします」

二人から頭を下げられ、玲斗は困惑した。断る口実が思いつかなかった。

「じゃあ、読むだけってことなら……」

二人は顔を見合わせ、相好を崩した。よろしくお願いしますっ、と佑紀奈が紙の束を玲斗の前に置いた。原稿用紙と画用紙が混ざっている。原稿用紙には文字が並び、画用紙には色鮮やかな絵が描かれていた。

玲斗は椅子に座り、紙の束を引き寄せた。真剣な顔つきの佑紀奈と目が合った。

「そんなにじろじろ見ないでくれ。集中できないだろ」

「あっ、ごめんなさい」

「佑紀奈さん、僕たちは外に出ていよう」元哉がいった。

「そうだね。じゃあ直井さん、読み終えたら声をかけてください」

「わかった」

二人が出ていくのを見届け、玲斗は改めて原稿と向き合った。何だか少し緊張する。一枚目を手に取った。

物語の書き出しは、『じりじりと太陽の光が照りつける下、ひとりの少年が砂漠を歩いていました。』というものだった。画用紙には、白い砂漠の上に点々と足跡が連なり、その先に少年の後ろ姿がある。

玲斗は絵を眺めながら文字を追っていった。

貧乏になったり、周りの人が死んでいったりして、夢を持てなくなった少年は、未来を見せてくれるという女神を捜して旅をしていた。砂漠が過ぎると険しい山道があり、その先には鬱蒼としたジャングルが待っている。

このあたりのストーリーは以前聞いた通りだ。佑紀奈の文章は読みやすいうえに臨場感がある。元哉の絵も迫力満点だ。

しかし玲斗が冷静に読んでいられたのはそこまでだった。十数分後、最後まで読み終えた玲斗は社務所を飛び出していた。

「佑紀奈ちゃんっ、元哉君っ」大声で呼んだ。

鳥居のそばにいた二人が、小走りに戻ってきた。

「どうでした?」佑紀奈が尋ねた。顔が紅潮し、強張っている。横にいる元哉もそうだ。

すごいよ、と玲斗はいった。

「あんな結末になるなんて想像しなかった。びっくりした。驚いたし、感動した。ほんとにすごい。君たちは天才だ」

「ストーリーを考えたのは佑紀奈さんです」

元哉の言葉に、佑紀奈は即座にかぶりを振った。

「思いつかせてくれたのは元哉君だよ。あの大福を食べた時、君から聞いた言葉がヒントになったんだから」

「そうなのか？」

「大したことはいってないと思うんだけど……」元哉は照れた。

玲斗は腕を大きく横に広げた。

「そんなことはどうだっていいじゃないか。とにかく、素晴らしい出来だと思う。俺、文学とか芸術とか、難しいことはさっぱりわかんないけど、あの絵本なら、どんな人間が読んでも感動するし、喜ぶと思う。それだけは自信を持っていえる」

「ありがとうございます。直井さんにそういってもらえると、心の底からほっとします。あたしも、もうこれで思い残すことがなくなりました」佑紀奈は何かを吹っ切ったような表情になっていた。

「それ、どういう意味？」

「うーん、だから……」佑紀奈は唇を舐めてから続けた。「自分でも満足できる作品になったということです。これ以上に良くするのは無理だと思います」

「会心作ってわけだね」

はい、と答えてから佑紀奈は元哉のほうを向いた。

「せっかくだから、あのことも直井さんに相談してみようか？」

「そうだね」

「何だ、あのことって？」

「前から元哉君と話してたんです。絵本が完成したら、お祝いをしようって。といっても派手なことを考えているわけじゃなくて、お世話になった人たちを招いて、ささやかながらもお披露目会みたいなことができたらいいなと思っているんです」

「お披露目会か。出来上がった絵本を配るとか？」

「それができればいいんですけど、人数分の絵本を作るには少し時間がかかるから、まずは朗読会にしたらどうかなと思っています。絵はスライドで映して」

「うん、それはいいかもしれない」

「ただ、会場とか全然当てがないんです。直井さん、どこか御存じありませんか」

「会場かあ……」

そういえば誰かが朗読会について話していたな、と玲斗は記憶を辿った。やがてどこで聞いたのかを思い出した。同時に、ある考えが頭に閃いた。

「そういうことなら、ひとつ、俺から提案したい」玲斗は佑紀奈と元哉を見ていった。

湯飲み茶碗から顔を上げた千舟の右眉が動いた。「公民館で朗読会を？」

はい、と玲斗は勢いよく返事をした。

『ハッピーカフェ』を開催している小ホールなら、広さがちょうどいいと思うんです。たぶん利用料もそんなに高くないだろうし。どうでしょうか？」

千舟は目を伏せ、湯飲み茶碗を置いた。

「あなたがそう思うのなら、いいんじゃないですか。認知症カフェに使っているぐらいだから、リーズナブルな価格で貸してくれるでしょう。早めに予約すれば、部屋を押さえるのにも苦労はしないはずです」

「よかった。賛成してくれるんですね」

「反対する理由がありません。若い二人が力を合わせて作り上げた絵本のお披露目会なんて、素晴らしいじゃないですか。その段取りをあなたが任されたというのも驚きです。明日の朝、仏壇に線香を上げる時、美千恵《みちえ》に報告しておきましょう」千舟は真顔でいった。美千恵というのは、彼女の亡き妹で玲斗の母だ。

「それで、じつはもう一つ大事な話があるんですけど」玲斗は背筋を伸ばした。

「何ですか？」

「元哉君たちがいうんです。どうせなら、自分たちが読むんじゃなくて、ふさわしい人に朗読してほしいって。で、誰かいい人がいないかって訊かれました」

千舟は警戒する目つきになった。「それで？」

「ぴったりの人がいるって答えました。その人に俺から頼んでみるって」

「誰のことをいってるんですか」

「もちろん、千舟さんです」玲斗は両手を膝に置き、頭を下げた。「お願いします。引き受けてください。あの絵本を朗読するのに、千舟さんよりふさわしい人はいません」

千舟は、ふんと鼻を鳴らして横を向いた。

「何をいいだすかと思えば。前にもいったでしょ。そういうことは得意ではないの。むしろ苦手なのよ。勘弁してちょうだい」

「でも前にカフェで米村さんがいってたじゃないですか。絵本の読み聞かせは認知症予防になるって。朗読会への出演は、千舟さんにとってもいいことだと思うんです」

千舟は冷めた目を向けてきた。

「そんなことで認知症を予防できるなら、誰も苦労しません。米村さんのしておられることは立派なボランティアだと評価していますが、認知症に関しては単なる気休めだと思っています」

「そんなこと、やってみないとわからないじゃないですか。何もやらないうちに答えを決めつけるなんて、千舟さんらしくないです」

「らしくない？」途端に千舟は色をなした。「やけに見下ろした言い方をしてくれるわね。私のことをどれだけ知っているというの？　生意気いわないでちょうだい」

「病院の先生にもいわれたんでしょ？　社会との関わりを増やしなさいって。気休めだと思うなら、それでもいいです。考えてみてくれませんか。俺からのお願いです。千舟さんに絵本を読んでもらいたいんです」

千舟は首を横に振った。

「お断りします。やりたくありません」

「どうしてですか。ただ本を読むだけのことじゃないですか。千舟さんが苦手だなんてこと、絶対にないはずです。長年、大きな会社の要職に就いておられたんだから、人前で話すなんてどうってことないでしょ？　警察署でも見事な演説を披露したそうじゃないですか。なんでそんなに嫌がるんですか」

「要職に就いておられた……ねえ。ふっ、あなたもそこそこ難しい言葉を使いこなせるようになったみたいね。そういえば、あなたこそ演説が得意だったわね。朗読はあなたがやればいいじゃない」

「俺がやったって意味がありません」

「私がやっても同じことです。認知症に怯えた年寄りが、無駄なあがきをしているようにしか見えません。そんなみじめな醜態をさらして、誰が喜ぶというんですか。絵本を作った二人だって、嬉しくなんてないはずです」

「無駄なあがきだなんて、誰も思いませんよ。どうしてそんなことをいうんですか。千舟さんのためだと思っていってるのに」

「私のため？」千舟が目を見開いた。「ずいぶんと偉くなったものね。せっかくだけど大きなお世話よ。ほうっておいてちょうだいっ」

千舟は立ち上がり、部屋を出ていった。ばたんと戸を閉める音が鳴り響いた。廊下を歩く足音が遠ざかっていく。

玲斗は呆然として、閉まった戸を見つめた。

もちろん、二つ返事で千舟が承諾してくれるとは思っていなかった。年寄りの出る幕ではない、といって辞退するかもしれないとは予想していた。それでも粘って頼み込めば何とかなると楽観していたのだ。まさか怒りだすとは思わなかった。

何が千舟の機嫌を損ねてしまったのだろうか。玲斗は自分の発言を振り返った。

やはり、少し傲慢だったのかもしれない、と思い至った。認知症予防のことなどいわなければよかった。病気については、誰よりも千舟本人が一番考えているに違いないのだ。玲斗にしても、それが主な理由で千舟に朗読を頼もうと思ったわけではなかった。

自分の頭を叩き、腰を上げた。失敗した。やり直しだ。

部屋に戻り、紙袋を提げて千舟の寝室に向かった。紙袋の中に入っているのは絵本の原稿と原画をコピーしたものだ。

部屋の前に立ち、千舟さん、と声をかけた。

「玲斗です。戸を開けてもいいですか」

少し間を置いてから、いけません、という声が返ってきた。「もう休んでいます」

「だったら、ここに絵本のコピーを置いておきますから、時間のある時にでも読んでもらえませんか。もう朗読してくれとはいいません。無理なことをお願いしてすみませんでした。ただ、とてもいいお話だから、千舟さんにも読んでほしかったんです。それだけです。よろしくお願いします」

玲斗が床に紙袋を置くと、待ちなさい、と声が聞こえた。

「そんなところに置かれたら、部屋を出入りするのに邪魔です。お手洗いに立った時、足を引っかけるかもしれないでしょ。読む気はないので、持っていきなさい」

「でも――」

「行きなさい」

「はい……」

取り付く島もないとはこういうことか。仕方なく紙袋を提げ、その場を離れた。

どうしたものかと考えた末、ふと思いついたことがあった。玲斗が向かった先は仏間だった。居間の隣にある。襖をそっと開け、中に入った。

さっきも話に出たが、ほぼ毎朝、千舟は仏壇に向かっている。線香を上げるついでに手を伸ばしてくれればと期待し、仏壇の前に紙袋を置いた。

仏壇の扉は開いていて、飾ってある写真立てが目に入った。美千恵の写真だった。玲斗がたった一枚だけ持っていたものを千舟にあげたのだ。

「力を貸してくれよな」玲斗は呟きながら写真の母親に向かって手を合わせた。

翌朝、スマートフォンのアラームが鳴る前に目が覚めた。セットした時刻より一時間近くも早い。寝直そうかと思ったが、尿意に耐えきれず布団から出た。

トイレで用を足し、部屋に戻りかけたところ、かすかに人の声が耳に入った。足音を殺し、廊下を歩いていった。声は仏間から聞こえてくる。

「少年はいいました。お願いがあります。ぼくの未来を見せてください。自分がどんなふうになっているかを知りたいんです。すると女神は尋ねました。未来といっても、いくつもあるよ。おまえはいつの未来を見たいのだ？　一年先かね。十年先かね。それとも、もっともっと先、百年ほど先の未来かね」

絵本だ、と玲斗は気づいた。千舟が読んでいるのだ。

「少年は考えました。何年先の未来を見せてもらえばいいのだろうか。一年先なんかじゃ未来とはいえない。百年先なんて、たぶん生きてない。だったら十年先か。よしそうしよう。十年先の未来を見せてください、と女神にいいました」

上手いじゃないか、と玲斗は感心した。千舟のハスキーな声が、神秘的なストーリーにマッチしている。苦手だなんていってたけど、やっぱり嘘だと思った。

「女神は大きく頷きました。わかった。では、十年先のおまえの姿を見せてやろう。し……

しっかりとその目に……」

急に声が聞こえなくなった。

ひと休みしているのだろうか。それにしては中途半端なところだ。

千舟が咳払いをした。

「よしそうしよう。十年先の未来を見せて……み……未来を見せてください、と女神にいいました。め……女神は大きく頷きました。わかった。では、じ……十年先のおまえの姿を見せてやろう。しっかりとその目に焼き……焼きつけるが……焼きつけるがよい……」

何だか様子がおかしい。玲斗は襖の縁に指先を掛け、ほんの少しだけ開こうとした。だが襖はスムーズには動かず、かたんと音をたててしまった。

畳を歩く音が近づいてきて、勢いよく襖が開けられた。玲斗は首をすくめ、仁王立ちしている千舟を見上げた。

「盗み聞きとは、あまり上品な行為とはいえませんね」

「すみません。声をかけたら邪魔かなと思って……」

「いつから聞いていたのですか」

「ほんの少し前からです。千舟さん、上手いじゃないですか。何の問題もありませんよ」

千舟は口元を歪め、ため息をついた。

「上手い？　一体、何を聞いていたの？　この程度の文章を読むのに、何度も何度もつっかえて……」

「でも、途中まではすごく流暢でした」

「途中までは……ね」千舟はゆっくりと腰を下ろし、膝を揃えて座った。その手には絵本の原稿があった。「一度つっかえ始めたら、もうだめ。言葉がうまく出てこなくなる。焦れば焦るほどひどくなる。少し前からそう。もっと簡単な文章でも詰まったりして……」

「だから朗読会に出たくないんですか？」

「迷惑をかけたくないのよ。若い人たちが丹精込めて作り上げた絵本のお披露目会を、下手な朗読で台無しにしたら申し訳ないでしょ？」

「でも、練習してみようという気にはなってくれたんですね」

千舟は持っていた原稿に目を落とした。

「仏壇の前に置いておくなんていう姑息な手に引っ掛かるのは癪でしたけど、どんなお話なのか気になって、とりあえず読んでみました」

「どうでしたか？」

千舟は玲斗のほうを向き、口元を緩め、目を細めた。

「とてもいいお話でした。感動したというより、意表をつかれました。あなたが私に読んでほしいといった意味がよくわかりました。まさか、あんな結末だとはね」

「あの二人だから思いついた結末だと思います」

「そうなんでしょうね。年齢だけでは推し量れない経験や労苦が、あの境地に辿り着かせたのだろうと想像します。二人とも大したものです」

「だったら、彼等を祝福するのに力を貸してもらえませんか。練習すれば大丈夫だと思うし、少しぐらい間違えたりつっかえたりしたっていいじゃないですか」

千舟は首を傾げた。「私なんかに資格があるんでしょうか」

「千舟さんになければ、資格のある人間なんていませんん」

玲斗は正座し、お願いします、と頭を下げた。

30

公民館の入り口に立てた看板は、なかなか立派なものになった。『絵本「少年とクスノキ」完成披露朗読会』と毛筆で大書されている。書いたのは師範の資格を持つ千舟だ。

その看板を背景に、まず最初に佑紀奈と元哉が記念撮影を行った。シャッターは玲斗が押してやった。元哉はコチコチで、うまく笑えないでいる。

佑紀奈の母親と弟妹たちも来てくれた。母親は顔色もよく、病人には見えなかった。彼等も家族で記念撮影をしていた。

元哉の両親である針生冴子と藤岡も揃って現れた。藤岡はスーツ姿でネクタイも締めていた。どちらも玲斗に改めて礼を述べてきた。

「元哉がこれまで生きてきた中で、最高の数か月だったと思います」冴子はすでに涙を浮かべていた。「こんな日を迎えられるなんて夢のようです」

「よかった、と俺も思います。でも、何もかもあなた方のおかげでもあるんです」

玲斗の言葉の意味がわからないらしく、冴子と藤岡は顔を見合わせている。

「あの、梅大福です」玲斗はいった。「あれが元哉君と佑紀奈ちゃんにインスピレーションを与えたそうです」

「あれが?」冴子は目を見開いた。「どんなふうに?」

「その話は朗読会が終わってからにしましょう」

玲斗がいうと冴子は納得顔になり、藤岡のほうを向いた。「楽しみね」

うん、と藤岡も満足げに頷いた。

大場壮貴もやってきた。彼は三十代半ばと思われる女性と一緒だった。壮貴によれば出版社で児童書を作っている人間らしい。

「以前、取材に協力したことがあるんだ。今日のことを話したら是非聞きたいというので連れてきた。もし気に入ったなら出版を考えたいし、それが無理な場合には自費出版の手伝いをしてくれるそうだ」

「それはすごい」

壮貴は佑紀奈と元哉にも彼女を紹介した。出版社と聞き、二人は途端に緊張を露わにした。突然夢が現実味を帯びてきたからだろう。

見覚えのある老人たちもちらほらと集まってきた。認知症カフェで千舟が親しくしている人たちだった。米村さんの姿もあった。

意外な人物も現れた。中里だ。スーツ姿でネクタイも締めている。玲斗を見て、やあ、と声をかけてきた。

「この朗読会のこと、誰から聞いたんですか」玲斗は訊いた。

中里は鼻の下を擦り、苦笑した。「それはまあ、部下からだ」

「部下って？」

「部下といったら部下だ。警察の」

ああ、と玲斗は得心した。彼等が佑紀奈の行動をマークしていないわけがなかった。

「つまり朗読を聞くのも仕事の一環ということですか」

「それは違う。俺がここへ来たのは個人的興味からだ。不愉快だというなら退散するが」

「とんでもない。どうぞ楽しんでいってください」

中里は薄い笑みを浮かべ、会場へ向かった。

朗読会の開演まで、あと十分ほどだ。玲斗が控え室に行くと千舟は原稿を前に最後の練習をしていた。

「調子はどうですか」

千舟は暗い顔で首を横に振った。

「全然だめです。まだ一度も、最後までスムーズに読み通せていません。こんなことではとても他人様の前で披露などできない、と絶望的な気分になっていたところです」

玲斗は笑い顔を作り、両手を合わせた。

「大丈夫です。心配しないでください。千舟さんは完璧を求めすぎるんです。でもね、誰もそんなものは求めていません。大事なことは千舟さんが楽しめるかどうかなんです。そんな怖い顔をしてないで、もっと優しい顔で読んでください」

千舟は右手で自分の頬に触れた。「私、そんなに怖い顔になっていますか」

「なっています。マレフィセントみたいです」

「マレフィ……何ですか、それは」

「ディズニー映画に出てくる魔女です。ものすごく強くて怖い魔女です。クスノキは魔女じゃなくて女神ですから、そこのところを忘れないようにしてください」

「女神……ね。わかりました、気をつけます」

よろしく、といった時、ドアが開いて佑紀奈が顔を出した。「そろそろ時間です」

ずらりと並んだ聴衆たちの前に最初に立ったのは佑紀奈と元哉だった。佑紀奈がマイクを口元に近づけ、挨拶をした。さらに自分たちが絵本作りに取り組んだ経緯を、元哉の病状なども交えながら説明した。その口調は淡々としており、感動を押し売りする計算など微塵も感じられなかった。

「では大変お待たせいたしました。私たちの作った『少年とクスノキ』を楽しんでいただければと思います。朗読してくださるのは柳澤千舟さんです。柳澤さん、よろしくお願いいたします」

佑紀奈に紹介され、脇に控えていた千舟が立ち上がった。中央に歩み出ると一礼し、ノートを開いた。

横に置かれたスクリーンに絵が映写された。大きなクスノキの絵に『少年とクスノキ』というタイトルが重ねられている。

千舟がノートに視線を落とした。その表情は穏やかで気負いが感じられない。これなら大丈夫だ、と玲斗は確信した。

「じりじりと太陽の光が照りつける下、ひとりの少年が砂漠を歩いていました」しんと静まり返った会場に、千舟のハスキーな声が響いた。「少年がさがしているのは不思議な力を持った女神です。その力とは、未来を見せてくれるというものです。なぜ少年は未来が見たいのでしょうか。それは、これまでが、あまりにも辛くて苦しい毎日だったからです。戦争があったり、病気がはやったりして、愛する人々とはお別れしなければなりませんでした。災害もあり、大事にしてきたものをすべて失ってしまいました。こんなにひどいことばかりで、いったい自分の人生はどうなってしまうのだろうと不安におびえる日々です。そんな時、未来を見せてくれる女神の話を聞きました。そこで少年は、女神をさがす旅に出たのでした」

千舟の朗読は淀みがなく、不安を感じさせなかった。聴衆たちは早くも物語に没頭しているように見える。もちろん千舟の力だけでなく、佑紀奈のストーリーと元哉の絵に魅力があるからこそだった。砂漠だけでなく、険しい山、危険なジャングルを旅する少年の運命がどうなっていくのか、結末を知っている玲斗でさえ、展開に胸騒ぎを覚えた。

やがて少年は深い森の中に佇むクスノキに出会う。その木こそ、未来を見せてくれる女神の化身だった。

「少年はいいました。お願いがあります。ぼくの未来を見せてください。自分がどんなふうになっているかを知りたいんです。すると女神は尋ねました。未来といっても、いくつもあるよ。おまえはいつの未来を見たいのだ？　一年先かね。十年先かね。それとも、もっともっと先、百年ほど先の未来かね。少年は考えました。何年先の未来を見せてもらえばいいのだろうか。一年先なんかじゃ未来とはいえない。百年先なんて、たぶん生きてない。だったら十年先か。よしそうしよう。十年先の未来を見せてください、と女神にいいました。女神は大きく頷きました。わかった。では、十年先のおまえの姿を見せてやろう。しっかりとその目に焼きつけるがよい」

先日、千舟が何度もつっかえたところも何の問題もなく読み終えた。さあ、いよいよクライマックスだ。

女神が不思議な呪文を唱えると少年の前に道が現れる。いつか通ってきたような長い道だ。そこをひとりの男が歩いている。よく見るとそれは大人になった少年の姿だった。十年後なのだ。

「少年は十年後の自分に尋ねました。あなたは何をしているのですか。すると相手は答えました。ほかでもない。未来を見せてくれる女神をさがしているのだよ。これまで生きてきたが、いいことなど何もなかった。どう生きていけばいいのか、さっぱりわからないままだ。だから未来を見せてもらいたいのだよ。少年は驚きました。何ということだ。これでは今の自分と全く同じではないか。何ひとつ変わっていない。女神様、もっと先の未来を見せてください。二十年後を見せてください。すると目の前の景色が変わりました。険しい岩場をひとりの男が登っています。それは二十年後の少年でした。少年は再び尋ねました。あなたは何をしているのですか。相手は答えました。一所懸命生きてきたが、苦労ばかりで自分がどう進めば幸せになれるのか、まるでわからない。だからもっと先の未来を見せてほしくて女神をさがしているのだ。少年は驚きました。二十年先でも、まだ正しい道を見つけられないでいるのです。少年は女神に祈りました。お願いです。もっともっと先の未来を見せてください。ぼくは答えが知りたいのです」

祈り終えた少年の前に次々と光景が現れる。そこには三十年後、四十年後、五十年後と、延々と続く未来の少年の姿があった。しかし状況はいつも同じだった。道に迷い、女神の助けを求めて彷徨っている。少年は嘆き、どういうことなのかと問う。

「これでわかったでしょう、と女神はいいました。何年経とうが、どんなに未来へと進もうと、人はいつだって迷い続け、道を探し続けるのです。将来への不安が消え去る日など永遠に来ないのです。あなただけではない。誰もがそうなのです。でもそれでいいのです。人には、未来を知るよりも大事なことがあります。少年は尋ねました。それは何ですか。すると女神は答えました――」

そこまで読んだところで、不意に千舟の声が止まった。玲斗はぎくりとして彼女の顔を見つめた。言葉が急に出て来なくなったのだろうか。ここまでは順調だったのに――。

やがて、はっとした。千舟の目が真っ赤に充血し、涙が溢れそうになっていることに気づいたからだ。言葉が出ないのではない。胸がいっぱいで声を出せないのだ。

がんばれ、という声が飛んだ。

千舟は深呼吸をするとノートを持ち直した。

「すると……すると女神は答えました。未来を知るよりも大事なこと、それは、今がどうかということです。あなたは今、生きています。豊かではないかもしれません。でも、生きています。病に苦しんでいるかもしれません。でも、生きています。食べものがあり、眠るところがあり、夢見ることができます。それは誰のおかげでしょうか。あなたひとりだけの力によるものでしょうか。そんなことはないはずです。何が今日のあなたの生を支えているのかを考えてみなさい。ごはんの元になる穀物を作る人、獲物を捕る人がいなければ、あなたの食卓に料理が並ぶことはありません。羊の毛を編んだり、布に綿を詰めて縫い合わせてくれる人がいなければ、あなたの寝床は冷たいままです。生きているかぎり、あなたはそれらのすべてに感謝すべきなのです。昨日までのことなど振り返らなくていいのです。あの時に、ああしていればとか、あんなふうにしなければよかったと悔いることに意味はありません。それらはすべて済んでしまったことだからです。同じように、明日からのことを案じる必要もありません。これからどうなるかとか、どうすべきかなど、考えることに意味などないのです。それらはまだ起きていないからです。大切なのは今です。今、健全な心を持っていられるのなら、それで幸せなのです。今のあなたが存在することをありがたいと思い、感謝しなさい。そうすれば昨日までのことなど気にならず、明日からのことも不安ではなくなります」

そこまで読んだところで千舟がノートから顔を上げた。その目をじっと玲斗に向け、続きを暗唱し始めた。彼女の頬を涙が伝っていく。

「女神の言葉を聞き、少年は気づきました。今日まで自分は何と愚かなことを考えていたのだろう。今、生きていられる歓びに少しも感謝していなかった。これからは、この気持ちを忘れずに生きていこう。そう心に決め、大事なことを教えてくれた女神に礼をいおうとしました。でも女神はいつの間にか姿を消し、目の前には大きなクスノキが立っているだけでした」

　朗読を終えると千舟は手の甲で目の下をぬぐい、ありがとうございました、といって聴衆に一礼した。

　一瞬の静寂の後、拍手が沸き起こった。

31

［明日の僕へ］

　今夜は書きたいことが山のようにある。今日は、それほど素晴らしい一日だった。いや、今日というのは正確じゃない。日付が変わってしまったから昨日ということになる。昨日の夕方、公民館で『少年とクスノキ』の朗読会が開かれた。

　みんなが来てくれた。お母さんはもちろん、お父さんまで来てくれた。あと佑紀奈さんのお母さん、そして弟と妹も。初めて会ったけれど、どちらもかわいかった。

　知らない人もいたけれど、みんなが楽しみにしてくれていたんだと思うとうれしかった。

　本を読んでくれたのは柳澤千舟さんで、直井玲斗さんの伯母さんだ。直井さんによれば前に病院で会ったことがあるようだ。

柳澤さんは軽度認知障害で、最初は朗読に乗り気ではなかったらしい。でも『少年とクスノキ』を読んで、決心してくれたということだった。

きっと僕たちが絵本に込めた気持ちをわかってくれたのだと思う。

お父さんとお母さんが大福を持ってきてくれた日の日記には、僕は貴重なことに気づいたと書いてあった。

未来についてあれこれ考えるなんて馬鹿げたことだ、と。

そんなものはどうだっていいんだ。大事なことは、今、好きな人たちと一緒にいて、自分が生きていると実感できるなら、それで十分に幸せなんだと思えることなんだ、と。

そのことを佑紀奈さんに話したら、しっかりと理解してくれて、それで絵本の結末があんなふうになったらしい。

たぶん朗読した柳澤さんも、わかってくれたんだと思う。だから最後、涙を流したんだ。

僕だって、少し泣いた。もちろんうれしくて泣いたんだ。感謝と感激の涙だ。

終わった後、いろいろな人から声をかけられた。みんな、すごくよかったといってくれた。絵も奇麗で感動したといってくれた。

お母さんはハンカチをぐしゃぐしゃに濡らしていた。お父さんの目も真っ赤だった。

本当によかったと思う。大福を食べた日の僕も幸せだったんだろうけれど、たぶんそれ以上の一日になった。

今日の（正確には昨日の）出来事を明日（正確には今日）の朝に目覚める僕はすっかり忘れてしまっているだろうけれど、この幸福感だけは残っていると思う。なぜこんなに気分がいいのだろうと思ってこの日記を読み、そんな素晴らしいことがあったのかと納得するだろうと思う。

そして明日（未来）の僕に伝えておきたいことがある。

今日の僕の記憶のすべてを取り戻す方法がある。

朗読会が終わった後、直井さんが近づいてきて、「今夜、どうする？」といった。何のことかわからずにいると次のように説明してくれた。

朗読会をすることが決まった時、僕は直井さんに頼んだらしい。その日はきっと最高に素晴らしい一日になると思うから、その記憶をクスノキに預けたいって。それを聞いた直井さんは、じゃあ朗読会は次の新月の日にしようといった。そのことは過去の日記にちゃんと書いてあるんだけれど、今日はいろいろと忙しくて、読み飛ばしていたみたいだ。

「どうする？」と直井さんは改めて尋ねてきた。「もちろんお願いします」と僕は答えた。

夜の十一時、僕はお母さんの許可を得て、月郷神社に行った。社務所の前では、直井さんが祈念の準備をして待っていた。

直井さんは預念の手順を教えてくれた。クスノキの中に入り、今日の出来事を思い浮かべればいいらしい。大福の味をお母さんたちに伝えられたのだから、今度もきっとうまくいくはずだと思った。

何より、今夜僕がクスノキに預けた念を受けるのは、ほかならぬ僕自身なのだ。うまくいかないはずがない。

ただし直井さんから釘は刺されている。受念できるのは、ただ一度きり。その後は僕はもちろん、ほかの誰も受念できないらしい。

それでも僕は預念しようと決めた。この先、今日ほど幸福の光に満ちあふれた日はこないだろうと思うからだ。

今夜、クスノキに預けた念を、いつの僕が受念するのか、それは全くわからない。一年後の僕かもしれないし、もしかしたら次の満月の夜、早々に受念するのかもしれない。

いずれにせよ、その時の僕には、もう思い残すことはないはずだ。でもあまり考えないでおくことにする。未来のことは未来の僕に任せるしかないのだから。

32

朗読会の翌日、玲斗がクスノキの周りを掃除していると、「ここにいたのか。捜したよ」と声をかけられた。顔を上げると中里が立っていた。

「俺に急用ですか」

「急ってほどでもないんだけど、早いほうがいいと思ってね」中里はクスノキを眺め回した。「改めて見ると、本当にすごい木だな。女神の化身だという発想には感心する」

「朗読会の感想を述べたいということなら、社務所でゆっくりと聞かせてもらいます。ウーロン茶もお出ししますよ」

「その話は後にしよう。まず先に大事なことを知らせておきたい」

「何ですか」

「今朝、早川佑紀奈が母親に連れられて出頭してきた」

玲斗の心臓が跳ねた。「佑紀奈ちゃんが……」

「春川町の事件は、自分が犯人だと自供した。森部俊彦氏の頭を灰皿で殴り、抽斗から百万円を奪って逃走した、とね」

そういうことか、と玲斗は合点した。ストーリーが完成した日、「思い残すことはなくなった」と佑紀奈はいった。おそらくあの時点で、朗読会が終わったら出頭しようと決めていたのだろう。

「彼女の自供内容は千舟さんが話したものと同じでしたか」

うーん、と中里は唸った。

「今の段階では、まだ話すわけにはいかないんだが、君なら問題ないだろう。ただし、口外は御法度だよ。約束してくれるな」

「もちろんです」

「結論からいうと、柳澤千舟さんから聞いた話と大差はなかった。パパ活の延長線上で森部氏から肉体関係を迫られ、抵抗するために殴ったそうだ。ただし、そこからは少し違う」

「どう違うんですか」

「倒れた森部氏を見ても、死んだとは思わなかったらしい。呼吸をしているから、気絶しているだけだと思った、と。百万円を奪ったのは、単にお金が欲しかっただけだといっている。自分の恥になるから、森部氏は警察には通報しないだろうと踏んだようだ。森部氏とは出会い系サイトで出会ったそうだが、自宅を知られていないし、二度と会わなければ済むはずと楽観していたみたいだな。柳澤さんの話と微妙に食い違っているのは気になるところだが、これは本人の話を信用したほうがいいだろうというのが我々の見解だ。柳澤さんが好意的に脚色した気持ちは理解できるしね」

中里の話を聞き、玲斗は少なからず驚いた。佑紀奈が百万円を盗んだのは、純粋に金が欲しかったからなのか。だがデートクラブまがいのバイトに手を出したぐらいだから、当時は余程金欠に悩んでいたのだろう。咄嗟の行動として理解できなくはない。

「佑紀奈ちゃんは逮捕されたんですか」

「いや、今日のところは帰した。逃走のおそれはないからね。明日から何度か取り調べることになるだろうが、無理はさせないつもりだ。ただし無罪放免というわけにはいかないから、いずれは逮捕、送検ということになる。問題は罪状だが」

「強盗致傷ですか」

「それはないってことは、君もよくわかってるだろ。まあ、各方面と話し合って調整するよ。署長も頭を痛めている」中里は腕時計に目を落とした。「もうこんな時間だ。署に戻らなきゃいけない。今もいったように、調整すべきことが山ほどあるんでね。あっ、そうだ。大事なことを忘れていた」上着の内側に手を入れ、白い封筒を出してきた。「早川佑紀奈から預かってきた。君に渡してくれってさ。悪いけど、中は読ませてもらった。奇妙な文面だが、問題はないと判断した」

　玲斗は封筒を受け取った。ウサギのイラストが描かれた可愛い封筒だった。丁寧に開封した跡があった。

「心配することはない、たぶん不起訴になる」中里はいった。「あれだけの才能を埋もれさせちゃいけない。我々大人が守ってやらなきゃな」

「昨日の朗読会、いかがでした？」

「それを訊くのは野暮ってものじゃないのか。お袋から、男は人前で涙を見せちゃいけないって教え込まれててさ、そうでなかったらボロ泣きだった」中里は遠くを見つめる目になった。朗読会を思い出しているのかもしれない。「久しぶりに、そのお袋に会いたくなった。

次の休みに行こうと思っている」玲斗に視線を戻した。「そうしていってやりたいんだよ。お袋、今日、生きているだけで十分に幸せなんだよってな。本人に伝わるかどうかはわからんが」

「それはとてもいいと思います」

中里は照れ臭さをごまかすように鼻を啜る音をたてると、じゃあまたな、といって歩きだした。その後ろ姿が見えなくなってから、玲斗は封筒から便箋を取り出した。

そこには丸い字で次のように書いてあった。

『直井玲斗さんへ

急にこんなことになってびっくりされたと思います。

久米田さんの感想文、あれは直井さんが書いたんですよね。何となくわかりました。あれを読んで、直井さんには全部お見通しなんだと気づきました。私がやったことも御存じなんだって。だから詩集を買ってくださったんですよね。

どうして直井さんが知ったのかはわかりません。でも元哉君からクスノキには不思議な力があると聞き、その番人なんだからそれぐらいはできるのかも、と思いました。

だから自分のやったことを隠しているのは、とても辛かったです。直井さんに対して恥ずかしいとも思いました。それで決心したんです。絵本作りが終わったら、すべてを告白しようって。

絵本作りは夢のように楽しかったです。直井さんが元哉君と出会わせてくれなかったら、あんな時間は手に入らなかったと思うと、ぞっとします。次に同じようなことをできる日が来るかどうかはわからないけれど、来ると信じていたいです。

ほんとうにありがとうございました。心から感謝いたします。

どうか、いつまでもお元気で。

早川佑紀奈』

33

元哉が入院したと聞いたのは、朗読会からちょうど二か月ほどが過ぎた頃だった。あの素晴らしい一日以来、玲斗は元哉とは会っていなかった。どうしているのだろうと気にしていたら、針生冴子から連絡があったのだ。数週間前から元哉が急に手足の不自由さを訴え始め、さらには視覚や聴覚にも異変が生じているらしい。医師としては打つ手はなく、様子を見守るしかないという。

「でも本人は元気です」冴子は電話でいった。「毎日、日記を読み、絵本を眺めて過ごしています。そうしていると幸せなんだそうです」

その言葉に玲斗は胸が詰まり、言葉を返せなかった。朝を迎えるたびに記憶がリセットされる元哉にとって、昨日までの日記が人生のすべてであり、あの絵本が励ましなのだ。

直井さんに会いたがっていると思うので来てもらえないか、と冴子はいった。もちろんすぐに行きます、と玲斗は答えた。

病室に行ってみて驚いた。ベッドにいる元哉が別人のように痩せていたからだ。それでも玲斗は表情には出さず、「やあ、元気そうだね」といった。

「日記通りの人だ」元哉は頰がこけ、目の窪んだ顔で笑った。「おだて上手で親切。『スター・ウォーズ』のエピソード7以降が嫌い。好きなキャラクターはハン・ソロ」

「君の御贔屓はアソーカ・タノだったね」そういいながら玲斗は病室内を見回し、小さなテーブルに目を留めた。見覚えのあるものが皿に載っていた。あの梅大福だ。

「午前中、藤岡が持ってきてくれたんです」玲斗の視線に気づき、冴子がいった。「よかったら、いかがですか」

「いいんですか」

「ええ。まだありますから」

冴子によれば藤岡は店の厨房に調理器具や材料を揃え、いつでも梅大福を作れるようにした、ということだった。

「馴染みのお客さんにお出しすることもあるそうです。意外に好評だとか」

「フレンチの店で大福ですか。それは面白いな」

いただきます、といって玲斗は梅大福に手を伸ばした。

ひとくち食べると餡の甘さと梅の香りが口中に広がった。生地は柔らかいが、ほどほどに弾力がある。これが元哉の思い出の味だったのか、と少し感激した。

「いかがですか」冴子が訊いてきた。

「美味しいです。さっぱりしているのに、いつまでも口の中に香りが残っている。いくらでも食べられそうです」

よかった、といって冴子は目を細めた。

「その大福ができたのも、直井さんのおかげなんですよね？」元哉がいった。

「俺は何もしてない。君のお母さんとお父さんが力を合わせて復活させたんだ」

「でも僕が覚えている味を二人に伝えられなかったらできなかった。やっぱり直井さんのおかげです」元哉は傍らに置いてあったノートを手にした。「クスノキのこと、日記で読みました。不思議だけど、すごいと思った。自分で書いているんだから本当のことだと思うけど、半分ぐらいは信じられない」

「そうだろうね。でもすべて本当のことなんだ」

元哉は頷き、ノートを見つめた。

「そのクスノキに、僕、宝物を預けてるんですよね。これまでで一番幸せだった日の思い出。そうですよね？」

うん、と玲斗は短く答えた。

元哉がノートから顔を上げた。「僕、直井さんにお願いがあるんです」

「何？」

「クスノキの受念は満月の夜にしかできないんですよね。次の満月はいつですか」

「来週の火曜日だけど……」

元哉は首を縦に動かした。

「やっぱりそうなんだ。じゃあ、その日に受念させてもらえませんか」

玲斗は一瞬息を止め、冴子のほうを一瞥してから元哉に目を戻した。

「いいけど、どうしてその日に？」

だって、と元哉が口元を緩めた。「もうあまり時間がないと思うから」

「時間……」

「その日を逃したら、次の満月は四週間も先でしょ？　それじゃあ間に合わないかもしれない」

そんなことはない、という台詞を玲斗は呑み込んだ。根拠のない慰めは少年を苛立たせるだけだとわかっていた。

「でも、それは今日の君の考えだよね」玲斗は慎重に言葉を選びながらいった。「明日になったら、考えが変わるかもしれない」

「うん、それはそうかも。でも、たぶん大丈夫」元哉はノートを軽く叩いた。「このところ、毎日書いているんだ。次の満月の夜に受念しようって。昨日も書いてる。で、今夜も書くよ。直井さんと約束したことも書く。いいよね?」

いいよ、と玲斗は笑みを作って答えた。頬が強張る感覚があった。

残念なのは、と元哉が眉根を寄せた。

「受念するのは今日の僕じゃなくて、その日の僕ってことだ。心の底から羨ましい」

「いいじゃないか。今日の君には、今日の幸せがある。それで十分だと思わないか」

「そうだね」元哉はノートを脇に置き、玲斗を見つめてきた。「ありがとう。勇気づけられた。直井さんは、僕にとってのキャプテン・レックスだね」

「えっ?」

「ああ、ごめん。キャプテン・レックスというのは――」

「いや、わかっている。アソーカ・タノの頼りになる相棒だろ」

元哉が目を見開いた。「知ってるの?」

「この前、徹夜でアニメシリーズを見たからな」

「それは最高。だったら今日は、話したいことがたっぷりある。『スター・ウォーズ』祭りだっ」元哉は顔を輝かせた。

元哉を見舞った翌週の火曜日、満月の夜――。

午後十一時を少し過ぎた頃、玲斗は石段の下で待っていた。祈念者を待つのは社務所の前で、というのが基本だが、今夜は事情があった。

外灯がないので、真っ暗だ。だから玲斗は左手にLEDランタンを提げていた。

間もなく一台のワンボックスワゴンが車道から空き地に入ってきた。玲斗は直立したままランタンを掲げた。

ワゴンが止まり、運転席のドアが開いた。降りてきたのはダウンジャケット姿の藤岡だ。後部のスライドドアも開き、針生冴子も姿を見せた。その向こうにも人影がある。元哉のようだ。シートに座っているが、動く気配はなかった。

玲斗はクルマに近づいていった。「こんばんは」

冴子が玲斗のほうを向き、頭を下げてきた。「こんばんは。今夜、よろしくお願いいたします」月明かりに照らされた顔には、やはり緊張の色が浮かんでいた。

藤岡もやってきた。「いい天気でよかった」

はい、と玲斗は頷いた。「雨が降らなかったのは何よりです」

「じゃあ、早速運ぼうか」藤岡がクルマの中に目を向けた。

「元哉君の意識は……」玲斗は遠慮がちに尋ねた。もし意識がないのだとしたら、これから試みることに意味があるのかどうか、わからなかった。

「あるはずです。さっきも少し話しましたから」冴子が開いたままのスライドドアから身を入れ、奥に座っている元哉の肩を揺すった。「元哉、起きてるよね。月郷神社に着いたよ。直井さんもいらっしゃるから」

小さな顔がゆっくりと巡らされた。前に会った時より、さらに細くなったようだ。だがその目は穏やかで、悲壮感は漂っていない。

なおいさんだ、と呟くのが聞こえた。

「こんばんは。俺の顔、記憶にあるんだね？」

元哉は細い声で、直井さんだ、ともう一度いった。

「動けそうか」藤岡が冴子に訊いた。

「どうかな。元哉、動ける？　無理はしなくていいからね」

冴子が腕を伸ばし、元哉の身体を起こした。元哉自身も懸命に動こうとしているのがわかる。藤岡が二人に背を向け、腰を落とした。息子を背負おうとしているようだ。

玲斗も冴子を手助けし、元哉の身体を藤岡の背中に乗せることができた。少年の身体は驚くほどに小さく見えた。ぶかぶかのフリースのパーカーを着せられている姿は、彼が好きな『スター・ウォーズ』に出てくるヨーダというキャラクターを想起させた。

冴子がワゴンの荷台から折り畳まれた車椅子を出してきた。

「それは俺が運びます。針生さんは、これを持って先導していただけますか」玲斗はランタンを冴子に差し出した。

「すみません。助かります」冴子はランタンを受け取った。

「では、参りましょう」玲斗は藤岡に声をかけ、背中の元哉の顔も見た。少年は薄目だが眠っているわけではなさそうだ。

冴子が歩きだし、元哉を背負った藤岡が続いた。その後を玲斗は車椅子を抱えて追った。石段でも藤岡の足取りは力強い。それぞれの影がリズミカルに揺れながら移動していく。今夜は風がないので、木々の揺れる音も聞こえない。耳に入ってくるのは息づかいだけだ。石段を上がりきるまで言葉を発する者はいなかった。玲斗も無言だった。何を話していいかわからなかったからだ。たぶん冴子や藤岡もそうだったのだろう。

境内に着いたところで車椅子を組み立て、元哉を座らせた。玲斗は鳥居の脇に置いてあった紙袋を取り上げた。その中に蠟燭とマッチを入れてある。

玲斗は冴子からランタンを受け取ると、行きましょう、といって歩き始めた。冴子と藤岡が車椅子を押しながらついてくる。

クスノキ祈念口からも、皆で移動した。車椅子でも通りやすいように、玲斗が昼間のうちにできるかぎり草を刈っておいた。段差のあるところでは、車椅子ごと持ち上げた。

やがてクスノキの前に到着した。藤岡が元哉を抱きかかえると、玲斗は車椅子をクスノキの中に運んだ。それから改めて藤岡がそこへ元哉を座らせた。

すでに燭台の準備はしてある。あとは形通りに儀式を行うだけだ。

「お二人は、先に社務所に行っててください。蠟燭に火をつけたら、俺も戻ります」玲斗は冴子たちにいった。

「ここで見ているわけにはいかないんですか」藤岡が訊いてきた。

「それはだめです」玲斗は首を横に振った。「念に乱れが生じるので、祈念の最中、血縁者がクスノキの中に入ったり、近づくことは禁じられています。どうか御理解ください」

行きましょう、と冴子が藤岡の袖を引っ張った。藤岡は未練がありそうだったが、うん、と頷いた後、玲斗に一礼してから冴子と共に立ち去った。

玲斗は紙袋から出した蠟燭を燭台に立て、マッチで火をつけた。それから車椅子の前で腰を屈め、元哉くん、と呼びかけた。

少年の目が玲斗の顔を捉えるのがわかった。焦点が合っている。

「これから何をすればいいか、わかってるね？」

元哉の睫が揺れ、唇が動いた。

直井さんが、と弱々しい声が発せられた。「僕に……とてもいい夢……を、見せてくれるんだよね」

「夢なんかじゃない。本当にあったことだ。君が体験した現実の出来事だ。それに見せるのは俺じゃない。君自身だ。全部、君の思い出なんだ」

「僕の思い出……」

「そうだ。その思い出に存分に浸るといいよ」

玲斗は元哉の肩をひとつ叩き、その場を離れた。クスノキから出ると振り向き、口の中で唱えた。あなた様の念がクスノキに届きますこと、心よりお祈り申し上げます——。

社務所に行くと冴子と藤岡は中に入っておらず、入り口の前で佇んでいた。

「寒いでしょう。中で待ちましょう」

玲斗は彼等を室内に招き入れると、電気ポットで湯を沸かし、急須で日本茶を淹れた。冴子は湯飲み茶碗を両手で包み、温かい、と呟いた。

「蠟燭は一時間用のものですから、もう少々お待ちください」玲斗は二人にいった。

藤岡が茶を啜った後、顔を向けてきた。

「直井さんはいつも、祈念が終わるまでここで待っておられるんですか」

「そうです。後片付けがありますから。火の不始末が心配ですし」

「大変ですね」

「どうってことないです」

「あのう、直井さん」藤岡が改まった口調になった。「今夜は本当にありがとうございました。元哉にとって、人生最高の夜になると思います。心より感謝いたします」

「そんな……お礼なんて結構です。お手伝いができて、俺も満足です」

「あなたにはすっかりお世話になってしまいました。それで、どうでしょう。後は我々に任せていただけませんか」

えっ、と玲斗は相手の顔を見返した。「任せてくれって、それ、どういうことですか」

「時間になったら元哉を迎えにいって、そのまま帰ります。だから、直井さんはお帰りになってくださって結構です。大丈夫、後片付けはきちんとしておきます。戸締まりにも注意します」

いやいや、と玲斗は手を横に振った。

「そういうわけにはいきません。祈念を終えた後に確認すべきことはたくさんあります。何より、それが俺の仕事です」

「そうだと思いますが、今夜は我々だけにしてもらうわけにはいきませんか。御心配なく。決して直井さんに迷惑がかからないよう気をつけます。約束します」

玲斗は藤岡の態度に、不自然なものを感じずにはいられなかった。なぜこんなことをいいだしたのか。そう思いながら冴子を見て、はっとした。彼女の顔は青ざめ、目の周囲が赤くなっていた。

「何か事情があるみたいですね」玲斗は声のトーンを落とした。「だったら話していただけませんか」

「いえ、そんなものはありません。単に我々だけで過ごしたいだけです。何しろ特別な夜です。だから我々家族だけで……お願いします」藤岡の口調は言い訳がましい。明らかに何かを隠している。

針生さん、と玲斗は冴子に視線を移した。「あなた方は何を考えておられるんですか」

冴子が顔を向けてきた。迷いの色が交錯した後、じつは、と彼女は口を開いた。

やめろ、と藤岡がいった。「余計なことをいうんじゃない。二人で決めたことだろ」

「でも、私はまだ決心がついてないの」

「今更、何をいいだすんだ」藤岡が苛立ちの声をあげた。「あの子のために一番いいことをしてやるんだろ？　君だって同意したじゃないか」

だって、といって冴子は唇を結び、俯いた。

玲斗は眉をひそめた。あの子のために一番いいこと？　あの子とは、無論、元哉のことだろう。一番いいこととは何か。

「話してください。何をする気ですか」玲斗は訊いた。「元哉君をどうするつもりですか」

「何もしない。心配しなくていい」藤岡はぶっきらぼうにいった。先程とは口調が変わっている。

「だったら、今のやりとりは何ですか。どうして俺を追い払おうとするんですか。説明してください」

藤岡は横を向いた。「話すわけにはいかない。君も聞かないほうがいい」呻くようにいった。

「聞かないほうがいいって、それ、どういう意味ですか」

しかし藤岡は答えない。暗い目を壁に向けている。

玲斗は冴子に近づき、見下ろした。

「教えてください。どうして俺は聞かないほうがいいんですか」

冴子の顔には苦悩と迷いが滲んでいた。頬がぴくぴくと動いたかと思うと、唇がかすかに開いた。「同罪になるから……です」

さえこっ、と藤岡が叫んだ。

「だって……」

「同罪？　それ、どういうことですか。話を聞けば同罪って……」繰り返しているうちに玲斗の頭に閃くものがあった。大きく息を呑み、二人を交互に見た。「あなた方は、まさか元哉君を……」

藤岡がゆっくりと玲斗のほうに顔を向けてきた。

「クスノキの力が本物なら、今、あの子は幸せの絶頂にいるはずだ。これまでの生涯で最高の日の思い出——あの朗読会の日の思い出に浸っているわけだからね。でも次に眠ったり意識をなくしたりしたら、その思い出もすべて記憶から消えてしまう。そうなった時のあの子の気持ちを思うと胸が痛くなる。この前、元哉がいったんだ。朗読会の思い出を味わえたなら、もう思い残すことは何もないって。死んでもいいって。直井さん、わかってください。それが答えなんです。どうせ、これから生きられる時間は長くない。僕は、あの子にとって人生最後の夜を、人生最高の夜にしてあげたい。それが親としてできる精一杯のことだと思うから。どうか見逃してください。この通りだ。お願いします」

両手を合わせ、涙声で懸命に訴えかける藤岡の表情には、苦悶と狂気の色が混じっていた。

玲斗は思いがけない企みを打ち明けられて呆然とする一方で、親とは子供のためとなればこれほど正気を失うものなのか、と頭の片隅で考えていた。

「殺すつもりなんですか、息子さんを……」

藤岡はかぶりを振った。

「殺すんじゃない。安らかに眠らせてあげるんだ。苦しませたりしない。クスリを注射をするだけだ。楽に死ねるクスリなんだ」

「そんなクスリ、どこで?」

「インターネットで……」

玲斗は思わず目を閉じた。安楽死を扱う闇サイトか。この世は狂気を手助けする道に溢れている。

「君のいいたいことはわかる」藤岡はいった。「いかなる理由があろうとも、人が人の命を奪うなんてのはもってのほかだ。ましてや子供の命をね。許されることじゃない。安楽死についての議論と同じだ。だから罰せられることは覚悟している。刑務所に入れられても構わない。僕は、あの子が最も幸せな気持ちでいるうちに、あの世に送りだしてやりたいんだ」

「送りだすって……」玲斗は冴子に目を向けた。「でもお母さんは……針生さんは迷っておられるんですよね」

「冴子が嫌なら僕が一人でやる。責任はすべて負う」

「責任？　私は、そんなことで迷ってるんじゃないっ」冴子は甲高い声を発し、藤岡を睨みつけた。「どうするのがあの子にとって一番いいのか、まだ答えを出せないでいるの」

「生き甲斐を失った明日からのあの子の気持ちを考えてみろ。答えは明らかだ」

玲斗は額に手をやった。藤岡の気持ちは理解できた。歪んでいると思うが、これが親心なのかもしれない。

だけど、絶対に間違っている。どうすればそれを示せるだろうか。

その時、机の隅にある一枚の絵が玲斗の目に入った。『少年とクスノキ』の挿絵の下書きだ。簡単なスケッチだが少年が新たに旅立つラストシーンだとわかった。

それを見た瞬間、ひとつの答えが浮かんだ。

「あなた方は大事なことを忘れていませんか」玲斗はいった。「絵本のテーマを思い出してください。大切なのは、今、生きているということじゃないんですか。あの朗読会で感動したはずです。だったら、明日の元哉君のことを案じる必要はないと思います」

「明日の元哉には何もないんだよ」藤岡が首を振った。「人生で最も楽しかった思い出も、朝にはすべて消えてしまうんだ」

「だったら、また作ってあげたらいいじゃないですか。どうして今夜が元哉君の人生最高の日だと決めつけるんですか。それは明日かもしれない。明後日かもしれない。そんなこと、誰にもわからない。お願いですから、そんな悲しいことは考えないでください。俺、手伝います。元哉君が新たに幸せな思い出を作れるよう、一緒にがんばります。だから、どうか考え直してください」玲斗は立ったまま、深々と頭を下げた。

無言の時間がしばらく流れた。玲斗は姿勢を変えなかった。

私も、と冴子がいった。「直井さんと同意見かな……」

玲斗は顔を上げた。真っ赤に充血した冴子の目とぶつかった。

藤岡は大きなため息をつき、顔を擦った。「僕は元哉のためを思い、決意したんだ。いい加減な気持ちでいいだしたわけじゃない」

「そんなこと、よくわかってる」冴子がいった。「辛い決心だったと思う。だから私も迷ったの。あなたがそこまで覚悟を決めたのなら、私も腹をくくらなきゃいけないのかなって。でも直井さんの話を聞いて、やっぱり違うと思った。たとえ次々に記憶が消えていくのだとしても、最後まで楽しい時間を与えてやりたい」

「与えられるのは楽しい時間だけとはかぎらない。あの子が苦しむ姿を見なきゃいけないかもしれないんだぞ」

「それでもいい。それも親としての義務だと思う。目をそらしちゃいけないのよ。あの子がどんなふうに旅立つかは、あの子にしか決められない。それを親が決めるなんて、そんなの許されないと思う」

藤岡は両手で頭を抱え、しばらく黙り込んだ後、呟いた。「正しいことだなんて思ってない。許されないことだろうさ。だからこそ、親にしかできないと思ったんだ」

絞り出された言葉は、玲斗の胸の内で悲しく響いた。元哉を愛しているが故の決意だとわかるから、ありきたりな非難は躊躇われた。

「俺は親じゃないから大きなことはいえません。でも、親にしかできないことはほかにあると思います。幸せの絶頂で死なせてやりたいという気持ちはわかるけど、ほかにあると思います」

玲斗の言葉に藤岡が納得したのかどうかはわからない。だが彼は反論しなかった。頭を抱えたまま、じっとしていた。

気がつくと午前零時を過ぎていた。

「そろそろ祈念が終わる頃です。行きましょう」

三人で社務所を出た。クスノキの前まで行くと洞の内側は真っ暗だ。藤岡が近づこうとしたので玲斗は制した。

「蠟燭の火が完全に消えているかどうかを確認してきます。それまでは、こちらで待っていてください」

二人を残し、ランタンを手に玲斗だけがクスノキの中へ足を踏み入れた。

蠟燭が燃えた匂いは、まだ残っていた。だが燭台の火は消えているようだ。それを確認してから玲斗は車椅子に目を向けた。元哉君、と呼びかけた。

「どうだった？　念は感じられたかな」

しかし返事がなかった。おかしいなと思い、ランタンの明かりを向けた。

元哉は瞼を閉じていて、まるで動く気配がなかった。口元には幸福そうな笑みが浮かんでいる。

玲斗の背中に冷たいものが流れた。

元哉君、ともう一度声をかけた。しかし同じだった。反応はなかった。手に触れてみると、ひんやりと冷たかった。

全身から力が抜けるのを感じた。玲斗は両膝をつき、がっくりと項垂れた。

それはないだろ、と口から出た。

明日になれば、もっといい思い出を作ってあげるつもりだったんだ。『スター・ウォーズ』の話だって、まだまだやりたかった。そのために勉強したんだぞ。アニメシリーズだって見たんだ。

それなのに、それなのに……それはないだろ――。

34

駅前からバスに乗った。降りるべき停留所は三つ目だ。バスはすいていて、玲斗は中程の一人がけシートに腰を下ろした。

民家の建ち並ぶ住宅地を抜け、バスは小高い丘を上がり始めた。玲斗はボタンを押し、目的の停留所で降りた。

建物は、すぐそばにある。玲斗は深呼吸をひとつしてから正面玄関に向かった。

エントランスホールの左側にカウンターがあり、制服姿の女性がいた。玲斗は会釈しながら近づき、「柳澤千舟の親戚です」といった。

職員の女性は手元のパソコンに目を落とした。

「柳澤さんは、今、部屋にはいらっしゃらないみたいです」

「外出してるんですか」

「いえ、お散歩中のようです。園庭に出ておられるんじゃないでしょうか」

「散歩……」

玲斗は面会人名簿に名前を記入し、建物の奥へと進んだ。白い廊下や壁は新しく、清潔感があった。壁には写真や絵画が飾られている。入居者の作品らしい。

千舟がこの施設に入ったのは八か月前だ。いくつかあったパンフレットの中から、彼女が自分で選んだ。玲斗は口出ししなかった。何度か面会に来ているが、介護体制は整っているし、ホスピタリティも悪くないようだ。居室も奇麗で、トイレとバスルームが付いている。もう少し広いほうが、とは思うが、千舟が満足しているみたいなので玲斗が文句をいう理由はなかった。

園庭に出ると、すぐに千舟の姿が見つかった。ひとりでベンチに座り、どこか遠くを眺めている。薄紫色のカーディガンを羽織っていた。

玲斗は近づいていき、こんにちは、と声をかけた。「体調はいかがですか」

千舟の顔がゆっくりと彼のほうに向いた。こんにちは、と彼女もいった。その表情は穏やかだ。

玲斗はバックパックを背中から下ろし、彼女の隣に座った。

「今日は素敵なプレゼントを持ってきました」バックパックから一冊の本を出した。「これです。とうとう完成したんです」

『少年とクスノキ』の絵本だった。大場壮貴が朗読会に連れてきた女性編集者が、出版社を説得し、正式刊行にこぎつけてくれた。部数は多くないが、来週から店頭に並ぶことになっている。カバーの絵は、女神と少年が対峙しているシーンだ。無論、針生元哉によって描かれたものだ。

千舟は絵本を受け取ると、膝の上で愛おしそうに撫で始めた。

「元哉君に見せられなかったのは残念だけど、きっとあの世で満足していると思います。それに佑紀奈ちゃんも、すごく喜んでいるそうです。彼女、就職も決まったみたいで、本当によかったと思います」

中里が予言した通り、佑紀奈は不起訴になった。あの久米田も、どうやら罪には問われなかったようだ。森部側からの働きかけがあったという噂だが、真偽のほどはわからない。

千舟は何もいわず、絵本を眺め続けている。その様子に玲斗が違和感を抱き始めた時、職員と思われる女性が近寄ってきた。

「柳澤さん、どうしたの?」笑顔で尋ねてきた。「何だか楽しそうですね。あら、その本は何かしら?」

これ、といって千舟が笑顔で絵本を持ち上げた。「こちらの本屋さんがくださったの」

どきりとし、玲斗は耳を疑った。本屋さん? たしかに今、千舟はそういった。

職員の女性も異変に気づいたようだ。しかし態度に示すことはなく、「そうなの。それはよかったわね」と口調を変えずにいい、玲斗に小さく頷きかけてきた。

「楽しみ。どんなお話なのかなあ」絵本を見つめ、千舟はいった。その表情は幼女のように素朴だった。

涙が滲みそうになるのを懸命に堪え、「素敵な話です」と玲斗はいった。

「そうなんだ」千舟は嬉しそうに応じた。

昔、といって玲斗は深呼吸をひとつした。

「この本を大勢の人々の前で読んでくれた女の人がいました。その朗読はとても素晴らしくて、聞いた人たちは、みんな感激していました」

「へえ」千舟は身体を揺らすように頷いた。「読んだら幸せになれる本なんだ」

そうです、と玲斗は声に力を込めた。

「すべての人を幸せにする本です。この世で最高の絵本です」

さらに玲斗は心の中で続けた。

千舟さん、あなたの物語です――。

◉本書は、以下の作品をもとに加筆し、長編としてまとめたものです。
「おーい、クスノキ」前編　THE FORWARD Vol.1　二〇二一年十一月
「おーい、クスノキ」後編　THE FORWARD Vol.2　二〇二二年二月
「今日の僕から明日の僕へ」　THE FORWARD Vol.3　二〇二二年五月
「今日の僕から明日の僕へ」第二回　THE FORWARD Vol.4　二〇二二年八月
「今日の僕から明日の僕へ」第三回　THE FORWARD Vol.5　二〇二二年十一月
「今日の僕から明日の僕へ」第四回　THE FORWARD Vol.6　二〇二三年二月

装丁　菊池祐
装画　千海博美

東野圭吾（ひがしの・けいご）
1958年、大阪府生まれ。大阪府立大学工学部卒業。85年『放課後』で第31回江戸川乱歩賞を受賞しデビュー。99年『秘密』で第52回日本推理作家協会賞、2006年『容疑者Xの献身』で第134回直木賞、第6回本格ミステリ大賞、12年『ナミヤ雑貨店の奇蹟』で第7回中央公論文芸賞、13年『夢幻花』で第26回柴田錬三郎賞、14年『祈りの幕が下りる時』で第48回吉川英治文学賞、19年に第1回野間出版文化賞、23年に第71回菊池寛賞を受賞。多彩な作品を長年にわたり発表し、その功績により、23年に紫綬褒章を受章。スノーボードをこよなく愛し、ゲレンデを舞台にした作品に『白銀ジャック』『疾風ロンド』『恋のゴンドラ』『雪煙チェイス』がある。『クスノキの番人』『魔女と過ごした七日間』『あなたが誰かを殺した』『ブラック・ショーマンと覚醒する女たち』など著書多数。

クスノキの女神《めがみ》

2024年 6 月 5 日　初版第 1 刷発行
2024年 6 月24日　初版第 3 刷発行

著　者／東野圭吾
発行者／岩野裕一
発行所／株式会社実業之日本社
〒107-0062　東京都港区南青山6-6-22 emergence 2
電話（編集）03-6809-0473（販売）03-6809-0495
https://www.j-n.co.jp/
小社のプライバシー・ポリシーは上記ホームページをご覧ください。

ＤＴＰ／ラッシュ
印刷所／大日本印刷株式会社
製本所／大日本印刷株式会社

ISBN978-4-408-53856-3（第二文芸）